猿の戴冠式

小砂川チト

Chito Kosagawa

講談社

猿の戴冠式

ある種族のなかにおおいにすぐれた者がいて、また別の種族のなかにはきわめてすぐれた者がいた。

かれらの属する種族は偶然には出遭うことのない、深い森の奥に暮らしていた。片方は気性が荒くまれに同士討ちや子殺しをしたが、もう片方は平和を好み、慰め合ってばかりいた。

ふたつの森のなかには個の意識というものがなく、【われわれ】という感覚だけがひとまとまりのパン生地のように茫洋と膨らんでいて、あらゆることごとは未分化のまま、ただそのへんにおおらかに転がしてあった。一族にはそのやり方によって生き延びてこられたというじゅうぶんな実績があり、それなりに心地もよくて、なんら問題がなかったから、ただひとまとまりのパン生地として、フカフカと暮らすことが選ばれつづけてきたのだった。

ところが高度に発達した人間は、順にこの二種族を発見する。そうしてそのなかに秀でたふたりを見出し、そっと森の外に連れ出すことをした。

人間はかれらに粗末なキーボードを授け、絵文字のようなものと【意味】との一対一関係を教え込んだ。親切心と好奇心とがないまぜになってすでに不可分のものに変容していて、だから人間はかれらと接するときいつも、歯をむきだして微笑んでいた。むきだしながらひたすらに教えた、自分らの赤ん坊にそうするように、根気強く、ていねいに。つまり人間は人間なりのやり方でかれらに【言葉】を与えた、与えてしまったのだった。

ふたりはその生白い手にすこしの戸惑いと疑りの目つきを向けながら、けれどもやがて受け入れる。かれらは言葉を、意味を、おずおずと刈り込むことをはじめた。

鋏を入れるようにして、おおきなパン生地からまずは

【みずから】

を切り出し、残った【他者】のかたまりをまじまじ見つめ、つぎに

【わたしたち】

を刈り取り、手に取る、というふうにして、この生地をすこしずつ、すこしずつ、きわめて臆病な手つきで刻んでいった。

そうするうちに、たんに白くブヨブヨとしているばかりだったパン生地のなかに、骨格や、筋や、血管や筋肉や、みにくく脈打つ袋状のもの、悪臭を放つさまざまの臓腑の詰まっていたことを、かれらは知る。パン生地にはすでに【世界】という名前がつけられてあって、そこには一定の規範があり、倫理があり、ストラクチャーが存在するのだということがごく自然に、水の飲み方を覚えるみたいに、おいおいと分ってくる。やがてかれらのパン生地はかれらに見える範囲ばかりでなく、この森の外にまでおおきく展延していることに、否応なしに気づかされていく。パン生地はもはやパン生地などと呼べるようなやわらかく安全なものではあり得なくなり、こうなるとかれらの目に映る森の木々は、同胞たちのふるまいは、おそろしい速度で褪色していった。ひとたび分化してしまったものを、もとの未分化のかたまりのなかに混ぜなおすことはできなくて、ふたりは同胞たちとのコミュニケーションを忌避するようになる。それぞれのやり方でふたりは刈り込みをつづけた、世界を腑分けしてゆくことにいっそう没頭した。かれらが言語というもののあらましを理解し使いこなすようになるまで、そう時間はかからなかった。

とうとう、このふたりを対面させる日がやってきた。実験室のなかには毛むくじゃらの黒いゆびとよく光る目玉が四つ、落ち着きなく動き回っていた。

かれらは目の前のキーボードを用いて、ぽつり、ぽつりと対話のようなものを取り交わしはじめる。すくなくとも実験室の外で固唾を呑んで見守る人間たちには、それは対話以外のなにものにも見えなかった。

——鍵《キー》／ここにある《ライトヒア》／鍵《キー》／遊ぶ《プレイ》。

——いい子《グッボーイ》／鍵《キー》／わたし《ミー》／わたし《ミー》／わたし《ミー》／わたし《ミー》。

制御室のそちこちからさざ波のような歓声があがった。

片方は老いたオスのチンパンジーで、片方はまだ幼いメスのボノボだった。

ふたりのゆびさきはおそるおそるといった手つきで宙をさまよい、慎重に選びぬかれたキーはその毛むくじゃらのゆびに押下されるとカシ、と木の葉の擦れるような音を立てた、ああかれらはまたなにかを語りはじめた、七つか八つのキーを送り合ってそこにふと沈黙が生れると、たがいちがいに顎を持ち上げ、風の匂いを嗅ぐようにして、ついに目を合せた。

老チンパンジーは人間たちには聞えない声で、節をつけてなんらかのことを鳴き分ける。人語には存在しない、ひどく残忍でおぞましいことがらを口のなかでこねていて、やがて思いついたようにその歯を剝きだす。かれは微笑んだのだった。

数十年が経ったいまでも、私はこの日のことを夢に見る。夢の中で私は決まってガラスのこちら側にいて、むこう側にいる自分の姿を、白衣を着た野次馬のひと群れに混じって目撃している。つぎに何が起るかを知っていながら、しかしどうすることもできない。それは何度でも、同じように起る。私に見せつけるように、繰り返し、繰り返し。声にならない悲鳴をあげかけて、飛び起きる。きまって、私の身体は通電したみたいに震えている。

1

丸くひらかれた森のなか、動物たちのストレスのこもった体臭が地表付近に吹き溜まり、ぬるく温められている。蟻たちもあわてたように巣を出入りしていて、朝から何もかもがいやなかんじだった。

シネノはいつものアスレチックの陰に陣取って、見るともなく蟻の隊列を眺めていた。膝をかかえてスン、スンと、しきりにため息つきながら。日射しも、ときどき漂ってくるシロクマプールの生臭さも、自分の身体がここに置いてあることさえ、彼女にはもうすべてがことごとく、たまらなく不快なのだった。

開園しまあす、開園しまあす、暑いけどみんな、今日もがんばろうねえ、と飼育員が叫びながら練り歩くのを、スマトラトラが沼のなかからひどくにらみつけるのが見えた。

シネノはガラス面の曇っているのが嫌いで、今朝もあの泥がすっかり乾くのを待って、手や腕でサッと払いにいこうと考えている。この日シネノのほかに檻のなかにいたのはユウエツで、ああして汚したのはユウエツのしわざ以外にありえなかった。

　ユウエツは、シネノが産んだオスだった。ずいぶん前のことになる。当時シネノが産んだのは双子で、長男のほうはコウエツと名付けられる予定だったらしいのだけれど、そっちは生れてからものの数分で、動かなくなった。ユウエツのほうは三時間もしないうちに自力で這いまわることをはじめ、するとなぜだか、動かないこちらのほうがかわいい顔をしていたような気がしだした。なんだかシネノのこの憂鬱を理解してくれそうな、思慮深げな子だったようなそんな気がして、しだいにその考えを取り去ることができなくなっていった。必死でお乳に吸い付くユウエツの形相は、むしろ卑しく、憎らしくさえ感じられて、シネノはついにイクジホウキというのをやってのけ、しかしシネノのほうでもユウエツのことがもう全身で、いやなものはいやだったので、どうにもならず、シネノの代りに年長者のシヅヱが、その母親役を買って出たのだった。ユウエツもシヅヱのことを実の母親と思っているようだし、シネノのなかでももうすっかり、そういうことになっていた。

　シネノとユウエツは今朝も同じ空間のなかにいながら、けれどもなるべく対角に陣取って、それぞれのことをした。二匹の目は泥の汚れの手前でときおりちょっとだけぶつかって、そのまま進路をゆずり合うみたいにツーと通り過ぎてゆく。ああ、いやなかんじ。ほんとうにつくづく、いやなかんじ。

朝一番に現れたその客は、なにかただならぬ剣幕で先を急いでいるみたいだった。
骨盤だ、とシネノはなかば怯えながら思った。骨盤が歩いてくる。頭部でもなく脚部でもなく、まるで骨盤こそが身体の主人格であるかのような、その奇妙なうごめき。女は骨盤をタイヤのように縦方向に繰り、掻き、めぐらせながら、身の毛のよだつような速度で迫ってきていて、ところがシネノをひと目見たとたん、何かにけつまずいたようにキュッと、その場に立ち止まったのである。

女の身体は平均よりも小さいのに持ちものがいちいちむやみに大きくて、一見すると子どもが大人の変装をしているようでもあった。女は池のほとりから、眉を寄せ目を細めて、シネノの顔を無礼なくらいに凝視した。この頃にはさすがのシネノも、手癖で蟻の巣をほじくるのを中止せざるをえなかった。

女はその場で、首を土鳩のように前後左右さしていた。その仕草はまるきり、あり得ない場所で知人を見つけたときの、あれって、いやまさか、ウウンでもどう見たってあれ……の一連によく似ていて、なんなら、シネノのほうから「失礼ですけどもしかして、○○さんじゃありませんか?」と歩み寄ってくるのを期待されているみたいだった。

ひとしきり土鳩の動きをやったあと、女はひたひたとガラスに近づいてきて、今度はほんとうに困惑した顔で、シネノをまじまじ、見つめ直した。

ただ、――べつに擁護するわけじゃないんだけれど、とシネノは思う――初対面でないというような心地は、シネノもこのとき、じじつうっすらと感じはじめていたのだった。うん、分るよ、シネノも正直、お前のことなんとなく見覚えある、でもあいにく、どこで見たんだかは分らない、ただお前のいまのそのむずがゆさは正直、分る、と言ってやりたいような。

すると女はおもむろに口をひらき、心底不思議そうな調子でつぶやいたのだ。

「どうして、こんなところにいるの?」

シネノの耳には、たしかにそう聞えた。思いもよらない台詞だった。それでも聞えてはいたし、聞き取れてもいた、「デュオシテ・コンナトコロニ・イルノオ」とたしかに女は発音したようだった、それがシネノに向かって放たれた声であることにも気がついていた、いたのだけれど、シネノはとっさにその問いに答えることができなかった。

女はしかし続けた、動物や赤ん坊にそうするときの小馬鹿にしたような調子とはまるでちがう、正真正銘、対人用の声色で。

「わたし、あなたのことを知ってる。ねえどうして、こんなところにいるの?」

○

女は、名前をしふみといった。

名前というものは物心のつかないうちに誰かから勝手に取り付けられるもので、しかも死ぬまで取り外すことができない。名付けはこわい行為だと、シネノはかねがね思っている。だってときどきに明らかな失敗もあれば、名前をひどく汚してしまうことだってあるのに、けしてもとの状態に戻らない。しふみがどうかは知らないけれど、すくなくともシネノの名前はその、典型的な失敗例だった。

今朝の園内は、朝からアジの生臭さが目立っていた。ボノボ舎のむかいの檻はなだらかな斜面になっていて、ついに一頭きりになったオスのホッキョクグマのものだった。赤ん坊か犬かにさんざんしゃぶられて乾いたぬいぐるみのように、被毛は薄黄色の束になって固まっている。ホッキョクグマはすくなくとも展示されているあいだじゅう、檻の中を右から左へ、左から右へと往復することを繰り返した。たったいまも家族連れがひと組、ワアーシロクマサーンと芸能人にでも出くわしたように近づいてきたが、親のほうがすぐになにかを察知して、子の注意をスマトラトラのほうへと差し向けた。

けれどもホッキョクグマは、缶詰に、「されない」。園内の動物たちのあいだでこのごろ最も頻繁に使われる罵倒は、野生のお前らなんか今ごろどっかで缶詰にされているくせに、というものだった。たとえばトドは缶詰にされるが、トラは缶詰にされず、イノシシは缶詰にされるが、サルは缶詰に、「されない」。かれらはときに、自分の同胞たちがどこかの国でおみやげ品にされていることを、罵り合いの最中にはじめて知ることもあって、そうするとしばらく食餌が喉を通らなくなるほどのショックを受けた。飼育員たちにはその集団ノイローゼのようなの原因がまさか向かいの動物からの罵倒だとは、まして缶詰化だとは思い至るはずもなく、その都度余計な努力を強いられた。

アジの血の臭いのさなか、女はまたあの精密機械のような足取りで現れて、シネノの檻の端っこに陣取った。シネノは女が池のふちを歩いてくるときからすでにその姿を見つけていて、反射的にアスレチックの裏に身を隠してしまった。あれいらい女は毎朝不安げな顔をしてあらわれては、閉園までシネノのそばを離れようとしないのだった。シネノはどう応対してよいものか分らず、寝転ぶ、徘徊する、グルーミングをする、爪を噛む、水を飲む、草をちぎる、……といったいかにも猿らしい動作を、頭で考えながら一定パターンで繰り出して、緊張気味に一日を過ごさざるをえなかった。

午後、シネノがやはり努めて猿らしくふるまおうと、ごろんと横になり、下唇を突き出しながら自分のゆびさきを眺めていたときだった。檻のなかをよい風が何度か通り過ぎ、それほどでもない風がいくつも、いくつもめぐっていった。その風のなかにひとすじ、リボンみたいに細く、血の匂いが混じっていた。獣の体臭とはまるで違った経路と速度で、その匂いはシネノの嗅覚野にするどく届いた。

シネノは思わず跳ね起きた。タモツ——というのはユウエツの父——が長年かけて穿ったアスレチックの穴から様子をうかがうと、女はまだそこに、病気のトウモロコシのようにしてユラユラ、風に揺られて立っている。穴ごしにシネノはまじまじ女を見、気づいた女もしげしげ、シネノを見つめ返した。

すでに何度もこのようにして出会っているはずだったのに、いま【わたしたち】はたがいの存在に心底ハッとさせられていて、おかげで戸惑うようにこうして目を合せねばならなかった。なぜかといえば、【わたしたち】——シネノはたしかに、そう何度も思ったのだった、わたし〈たち〉を、ここでは結ばざるをえなかった——がこのときたがいのおなかのなかに抱えていたいやなかんじというのが、すっかりぴったり、同じ量だったから。どのようにしてそのことが分ったのか、精確に説明してみることはむずかしい。ただ、この日わたしたちがふたりとも股のあいだから血の匂いを放っていたことと、その血液と日射しと気温と湿度の相性が、考え得る限り最低最悪であったこと。その匂いをきっかけに注目しあったときに、鉛のように重たい子宮ばかりでなく、シネノがシネノにくっついているすべてを取り外したいと思っているのと、女が女にかぶさっているあらゆるものを剥ぎ取りたいと思っていることとを、たがいに、電流状のものをとおして、一挙に理解し合えてしまった。【わたしたち】の不機嫌は同質かつ同量で、とにかく一瞬のうちに、たがいの耐えがたい不愉快さを了解することができたのだった。

　そうして女がいますぐ剥ぎ取りたいと思っているものといえば、それは〈人間の女の皮〉にちがいなかった。女は人間の〈ふり〉をして、ガラスの向こう側に立っている。女のふるまいはどれひとつをとっても適切ではなかった、あらゆる動作のタイミングやセンスが極端に悪く、自然なそれの始点や終点からかならず数拍ずつ早いか遅いかした、ことごとくズレていた。あれではおそらくただそこにいるというだけで、周囲を警戒させるだろう。

　女とシネノは同じだった。シネノのほうはそのふるまいこそ完璧ではあったけれど、それでも猿の〈ふり〉をして、あるいは猿の〈姿をとって〉、こちら側にいるということには、やっぱりちがいなかったから。女があの朝、シネノを見て取り乱したことは――彼女の呈した「どうしてそんなところにいるの」という疑問は、ある点でいえば間違いではなかったのだ。むしろ鋭い着眼であるとさえ、言えるのかもしれなかった。シネノはそのことをようやく、感覚的に理解した。この女はもしかすると、シネノが思うよりもずっと、シネノの本質のところを分っているのかもしれないと。

　シネノはおそるおそるアスレチックの陰を立ち上がり、まるで胸の前にお盆状のなにかを持って、混み合ったフードコートのなかの空席を探すような姿勢で、オロオロと、ガラスに近づいていった。不思議なことに、女のほうも同じように手のひらを上に向け、やはりどこにも席を見つけられないときのような困った顔をして一歩、二歩、ガラスに額を押しつけ距離を詰めてくる。いまこのふたりには、世界のどこにも、適切な所在がなかった。

【わたしたち】はガラス越しに対面し合い、おどおどと目を合せたり透明なお盆のうえに伏せたりしながら、次のようなことを言外にいいあった。

　ねえ、なにもかもがいやなかんじなんでしょう。ちがう?

　どうして、ねえどうして分るの。なにもかもがことごとくいやなかんじ。あなたもそうなの?　……

　しふみはガラスに濡れた両手をつけると、しねの、とちいさな声でシネノを呼んだ。ガラスをとおして、それはみずのなかから聞くようにくぐもった音になった。

しねの、しねの。

コップを爪で弾いたみたいな、高域の、それはか細い声だった。

シネノの耳はそれを聞きとめていたけれど、なんとも言えない気持ちになり、うつむいてそのへんの草をちぎる。一帯に酸っぱい匂いが漂った。

すこしして、しふみはガラスをノックした。コン、スコココン。

自分の喉の辺りを指さして言った。

し、ふ、み。

シネノははじめて聞くその音にすこし興味を惹かれ、つい顔を上げてしまったのだった。

だいたい、シネノという名前は、欠けている。ヒトの子どもたちの投票によってシネノ、と名付けられた途端、シネノは決定的に個別のものとして切り分けられ、衝撃を受けるのと同時に物心のようなものがはじけた。シネノ、それはどこかの民族の言葉で「どういたしまして」の意味らしい。だからもちろん、シネノはシネノだけでは成りたち得ず、いっしょに施設に連れて来られた姉のほうが「ありがとう」と名付けられてあった。しかしありがとうのほうは数日と経たずに輸送のショックで死んだので、けっきょくはどういたしましてだけがここに取り残され、宙ぶらりんになった。

　どういたしましてはどういたしましてだけでは成立しない言葉であるというふうに、シネノははやくから理解していた。ありがとうがあるから、どういたしましてとくる。これらは一対にまろめられた言葉のつがいで、決められたやりとりなんである。どういたしましてだけがとつぜん、単独で発せられる機会なんて、世界中のどこにもない。それってすなわち、たんなる苦痛なのだった。シネノは今でも、日本に来てからはことに、こんな名前はおかしいと考え込んでしまうことがある。どうにか外してほしい、と願うことも。

　けれど、けれども、シネノは最後にしふみに出会った。しふみは、しふみというのはね、フランス語でじゃんけんの意味なのと、興奮気味に説明した。シネノは驚いた、なんとここにも、じゃんけんという言葉が単独で放り投げられていた！　だって「じゃんけん」には、「ポン」という合いの手が不可欠なのだから――シネノは昔、じゃんけんを訓練の一環として教え込まれたことがあって、ところがパーより強いはずのチョキが最も華やかさを欠いたグーに負けるという法則になんとしても納得がいかず、そうじゃないシネノ、グーとチョキならチョキの負けなんだと説明されるたび、そんなはずないと不機嫌になって叫ぶので、けっきょく練習は頓挫したのだった。

　女は名前をしふみといって、シネノはだからそのときに思った、それってシネノとおなじくらい孤独な名前だと。
だって、どうかしてる。
じゃんけん、どういたしまして。
おかしすぎ。

○

しふみに出会ってからというもの、シネノの体感時間は驚異的に伸び縮みした。しふみを待ったり、探したりしている自分に急に気づくことがあって、そのたびに困惑し、アスレチックを猛然と駆け上がったり、木を左右に激しく揺らしたり、芝のうえでいたずらにでんぐり返しをしたりした。

シネノとしふみはぶ厚い強化ガラスをとおして、来る日も来る日も、お互いを強く意識しあった。それもまるきり思春期の中学生どうしのような、子どもっぽい意識の仕方でだった。しふみがやってくると、シネノは「しふみ」と即座に思い、ゆっくりと立ち上がる、けれどもまっすぐそこへ向かって行くことはどうしてかできなくて、もったいぶって檻の中をうろつき、えんえん、寄り道をする。普段そんなことはけっしてしないくせに、わざわざユウエツの肩にポンと手を置きに行ったりもした。

　いざ目の前にたどり着いても、シネノの両眼は基本的には逡巡して、モジモジと地面に落っこちてしまうのだけど、しふみのひたむきな視線に折れる瞬間というのがいちにちのうちにかならず数分間ずつ、あって、その瞬間はお互いへの興味だけでいっぱいになった身体がふたつ、そこにおかれて、呼吸も、知覚も、お互いを知るため、それ以外のことには細胞ひとつたりとも使われていないという、一種のスポーツ的なすがすがしさがあるのだった。

　ところがそんなときに限って、ほかのお客がシネノにカメラを向けだしたりするもので、シネノはいましふみにとくべつな興味を抱いている自分を、まるでこのシャッター音によってまざまざ指摘されでもしたような居心地の悪さを覚えては、とっさに顔を伏せたり、すっかり背中を向けてしまったりした。

　そうこうするうちに閉園時間がきて、しふみはガラスにぺたりと濡れた手を触れると、見えないみずの流れに押しやられるようにして帰っていく。しふみの目はたしかにシネノを見ていたけれど、その瞬間、なにか別の考えが頭の中をよぎっていったのが、シネノのところからもよく視えた。檻の中を風がひとすじ吹き抜けるみたいに、なにかがしふみの意識のなかをめぐっていったのだった。しふみはいまなにかを熱心に恐怖していて、しかしそれは生き延びることを諦めた動物の目つきでもあって、まるきり絶望的な心境に陥っているらしかった。彼女は深く傷ついている、シネノにはそれが分った。展望喫茶の前を通り、池のふちに沿って歩いてゆくと、しふみの歩くのにつれて鯉たちが、身体のうえに身体を載せて我先にと折り重なった。しふみはつぎの瞬間にはまるでなにかから逃げるように、脈絡なくその場を駆け出している。ジッ、タ、ジッ、タ、とサンダルのかかとを削りながらしふみは園内を闊歩する、プレーリードッグの残党たちが巣穴から飛び出してきてなにごとかと背伸びする、スマトラトラは沼に半身を浸したままで片目を開く。その足音も次第にちいさくなってゆき、ついにシネノの耳にも識別不能のところまで掠れて、最後には雑踏のなかに取り込まれてしまう。

　そのとき雨がサカサカとフナムシの大群の這うような音を立てて降りだしたので、シネノはたちまち不安に駆られた。しふみは無事帰れただろうか、彼女のアパート――いや、獣舎まで？　シネノはそのへんの小枝を膝で折っては捨て、折っては捨てしながら、彼女の帰路を熱心に空想しはじめる。

　しふみの輸送車は彼女の姿を見つけるなりすかさず滑り込んできて、彼女を巨大な洗濯ネットで捕獲したはずだから、たいして濡れずに済んだだろう。暗く沈んだ雰囲気の車内には、何人かの乗客たちがうなだれている――

シネノの目にはいったい、このくたびれた同乗者たちはなんに見える？

〝檻からの脱走に失敗したものたち〟？　だって動物たちが車に乗せられるシチュエーションといったら、空港からの輸送か、通院か、他園への嫁入り婿入り、脱走からの捕獲、……そんなところでは？

――先客たちが、それぞれにうなだれているのだ。車体の揺れるがままにバウンドしつづける老いた人間や（きっと施設を抜け出して、あげく尻に麻酔銃を撃ち込まれたのだ）、病院帰りの中年男性（首には大きなエリザベスカラーを付けられている）、嫁ぎ先への道中で最高に不機嫌なメス、ちいさな人間（親を列車に轢かれて亡くしたばかりで保護施設に送られようとしている）、などだった。誰もが痛みや屈辱やかなしみに耐えながら、じっと押し黙っている。蛍光灯は固ゆでの卵黄に似たうす緑色を帯びていて、空間を熱帯魚売り場のようにべったりと照らしている。目深に帽子を被った運転手の表情は見てとれない。信号機の位置でエンジンが止ると、雨粒が屋根を叩く無数の音が前景に躍り出てくる。時折遠くで雷鳴がガラゴロ、とどろいて、しふみは太股になすりつけるようにして、何度も何度もその手汗を拭わねばならなかった。その間も窓ガラスのうえを雨だれが葉脈か血管のように無限に枝分かれしてゆくのを、しふみの目は上から下へ、また上から下へ、熱心に追いつづけている。車体がガタンと段差を通過するたび、ぐったりとした老人の尻がいっそう激しく、天井高くまで跳ね上がる。ピシャリと雷光がひらめけば、尻の稜線が陰影をともなってくっきりと空中に浮かび上がった。

しふみの獣舎は縦方向に大きい。シネノはこれを自分自身が輸送されている最中に、何度か見かけたことがある。同じ大きさの檻がタテヨコ等間隔におかれているのだけれど、ガラスのうちがわには布がかかっていたり不透明だったりして、展示としてはちょっと考えられないほど不まじめな態度だと、シネノはあ然としたのだった。

しふみは自分の番号の獣舎の前で輸送車を降り、その車輛が暗闇に消えていくのを見送ると、観念したように、自主的に、獣舎へと入っていく。いつの間にか背後からついてきていた飼育員が、前方のゲートを封じたり開けたりしてしふみの進路をいちいち規制し、彼女の檻までうまく誘導する。飼育員はしふみより月齢の高いオスで、檻のガシャンと下りる間際にしふみの頭の毛をひと撫でする。

「おい心配したよ」と言いながら、厳重に施錠をする。「どこ行ってたの、まさかまたあの動物園か？　そんなにいいものあるのか、動物園に？」

しふみは飼育員の言葉を聞いているのかいないのか、脱皮するように道すじに点点と衣服を落としてゆき、水の中を歩いてきたようにぐっしょりと濡れた足跡が点点とモルタル床の上に光る、最後にやわらかい寝藁のうえに腰掛けると、細かな藁くずが滅菌済みの大気のなかに舞い上がって、そのままふみの白い背中のうえに降り積もった。

「薬は？　ちゃんと飲んだ？　ネットは？　見てない？　絶対見んなよ、大丈夫だから、心配いらないから。ほとぼりさえ冷めればすぐに復帰できるよ、だからおまえはただ……」

「すべきだったんだと思う、謝罪」としふみは最後まで聞き終わらないうちに言い返す。握った寝藁が、汗ですべて手のひらに貼り付いている。「どうせまた、あることないこと好き放題書かれてるんだ。謝罪すればよかった、いっぺん、ちゃんと、怖くても、わたしの口から」

「バッカおまえ、悪手中の悪手だってそれこそおまえ。だーれもまともにきく気なんかなーいんだって、みいんな感情論で叩いちゃってんだから、道理じゃないんだから、もう。なんべんいったら分るかなこの子は、なあんで、分んねえのかなあ？」

飼育員は苛立たしげにそう言い残して、首をひねりながら檻の前を去ってゆく。しふみはしふみでふてくされたように返事せず、藁のうえに行儀悪く横たわる。

硬質の足音が遠のき、静寂がやってくる。

どこかの檻で誰かのうつ寝返りの気配や、キータイピングの音、ある程度組み上がっていたパズルを突然ヒステリックにかき混ぜてふりだしに戻すぱきぱきぱき、じゃらじゃらじゃらというもの悲しい音、そのまますすり泣きの声、気まずげな咳払いなんかが、時折遠慮がちに聞えてきては、ふたたび完全に静まる。

しふみは今日見たシネノのかわいかった仕草だけをなるべく順繰りに思いだそうとしているけれど、獣舎にいるとほとんど自動的に、自分の現実の諸問題についていやな考えがめぐりはじめるので、そうするとその考えを止めたくて、床なり壁なりを拳でドン、と叩くことにしている。自分を殴りつけるよりはずっとよいからだった。拳の痛みといっしょにいやな考えはほんの一瞬止むが、蠅のようにまたすぐしふみのところへ引き返してくる。そうして、隣の檻のヒトが騒ぎ立てる。

「今ぁ何時だと思ってんだ！　今ぁ何時だと思ってんだ！　今ぁ何時だと思ってんだ！」

しふみは心底うっとうしそうに目を閉じ、壁に背を向けるように寝返りする。藁の香りが立ちのぼる。藁の底に埋められたノートパソコンが視界に入るや、しふみは臭いものを嗅いだときのように顔をしかめた。拍動が一挙に高まり胃が収縮する、手足に汗が噴き出す、その騒々しい心音はついに彼女の身体の外にまで漏れ出してきて、いまでは檻の中いっぱいを揺らしている。

ちいさくまるまって動悸に耐えているとガシャンと金属質の音がして、給餌口が開く。銀色の盆のうえに缶詰がひとつと、スープが湯気をあげている。

しふみはしばらくうつ伏せたまま、片目でその湯気の動態を眺めているが、とうとうコロコロと腹が鳴きはじめた。

今日もまたあの缶詰だ。独特の臭みのある肉が油漬けになっているのだが、なんの肉だかいっこうに分らない。

しふみはため息して、これではタンパク質がぜんぜん足りない、トレーニングもせずにこんなものを食べるなんてと思いながら、濡れた四つ足でそろり、そろりと近づいてゆき、丼の前に跪く。透明な球状の油が、黄金色のスープの表面をスルスルと浮遊している。

しばらく油の動態を目で追っていたしふみはそれからどこかかなしげな顔で、光る鼻さきをスープの皿に、そっと近づけていった。

○

今朝表の檻に向かう順路で鉢合わせたのは、シヅヱだった。なんだかずいぶん、久しぶりのような気がした。二匹は暗いモルタルの通路を歩きながら、互いに顔を見合せる。順路の上に掛けられた鉄格子の縞縞が、射し込む日光と順繰りに二匹の身体や顔のうえをめぐっていった。しばらく見ないうちにシヅヱの頭の毛はますます薄くなり、いくらか痩せもしたようだった。身体や口からは薬品の人工的な匂いを漂わしている。シネノがその匂いを嗅ぎ取って瞬時に鼻に皺を寄せると、「んだえん？」というようにいっしょに顔をしかめてみせた。

シネノは、シヅヱの衰えや内臓の腐臭を感じるたびに、とても嫌な気分になった。きっとシヅヱはもうすぐ痛みから解放されるということなのだから、いっしょによろこんでやるべきなのかもしれないんだけれど、それでもどうしても、不愉快のほうが勝った。シネノはまだ生れたての赤ん坊の死ぬところしか間近で見たことがなくて、それが本来、生れた順にやって来るということは知識として知っていたけれども、なにもシヅヱにまでそれが律儀にやって来る必要はないのに、と思っている。なにしろシヅヱは、シネノの知る限りの類人猿のなかで最も善良で、無害な個体だったから。シヅヱがずっとこの群れにいられるのなら、順序が違うよと言われてもシネノは迷いなく、タモツなりユウエツなりを差し出しただろう。

このことでシネノが朝から不機嫌になり、棒きれを振り回していると、シヅヱは知ってか知らずか、「シネノ、シネノ。こっちさけ、ねまれ」と間延びした声でシネノを呼び寄せる。それでしぶしぶ棒きれを放ってアスレチックを上っていくと、シヅヱはシネノを自分の膝のあいだに抱えるように座らせて、念の入ったグルーミングをはじめるのだった。

　木の床が、朝の日射しを集めて温もっている。シヅヱはくちびると顎とを突き出し手許をまぶしがるようにして、じっくりと毛を縒っていく。ケーン、という雉の澄んだ鳴き声が、ミルク色の霧のなかに響き渡った。呼応するように鳥類が、そちこちでたがいちがいに発声練習をはじめる。シネノは何度も何度もスン・スンと細いため息をつき、シヅヱは何度も何度も、それを無視した。

　シネノがユウエツのイクジホウキをしたときも、シヅヱはとくに何も言わなかった。あのとき、シネノは双子のうちの死児のほうを小脇に抱え、檻の隅から隅へ、また隅から隅へ、えんえんと持ち運ぶことを一昼夜、続けた。飼育員に死児を、生れそこなったものを取り上げられるまで、シネノはその反復をやめられなかった。そして生きているほう、――母に追いすがるユウエツを、シヅヱはただ黙って抱き上げると、当たり前のように世話しはじめた。

　シヅヱはシネノが彼女たちとはちがった来歴を持っていることをごく初期に理解したものらしく、シネノがどれだけ横暴な態度をとっても、文句を言うとか、批難するとかいうことをしなかった。いつも荒れ狂うシネノを遠くからじいっと見つめていて、けれどもその一方でシヅヱなりの論理は曲げることなく、貫いた。群れのなかに腹を空かせた赤ん坊がいれば、誰の子だろうが育てる、或いは、育てる気のある者が育てればそれでいい、というような信念を、ごくごく当然のものとして、すんなり貫いてみせた。イクジホウキした同性であるところのシネノを軽蔑するでもなく、過度に寄り添うのでもなく、彼女はあくまで飄飄としていた。

　シネノはシヅヱのそういうきっぱりとしたやり方にいつしかすこしの畏れを抱きはじめ、彼女の言うことならばたいてい、二度ほど警告されればしぶしぶ、聞き入れるようになっていった。気づけばシヅヱの次の行動にかんしてはわざわざ目で見なくても、おおむね分るようになっている。自分の手足を操るのとおなじように、シヅヱの動作は予期したものとコンマも違わず、思ったとおりにおこなわれ、やがてくしゃみやあくびやしゃっくりや、かゆみなどの感覚がいちいちたがいに伝染し合うようになった。あのコンコンという咳だけは伝染らなかったけれど、シヅヱが咳き込みだすとほんの一瞬、シネノの呼吸も乱れた。シネノは猿にしては個としての意識を非常に強く持った、いわば高度に個人化した猿だったが、シヅヱといるときにはそのような自意識の糸をうんとゆるますことができた。あるいは、とろけた。

　たったいまもシヅヱのゆびさきがシネノの毛をついばむが、この動作そのものがシネノの身体感覚の延長としておこなわれ、まどろむシネノの眠気さえシヅヱは同時にあじわっていて、いま二匹はひとかたまりで、その人格の境を意識する必要などはどこにもなかった。自分と不可分の、ひとつながりの存在である以上、気後れをすることもないし、とくべつな感謝を覚えることも、また必要以上の親愛を示すこともせずにいられた。

シネノが体育座りに仏頂面で毛繕いをされているとき、ふと視線を感じて見ると、いつもの位置にしふみが立っていた。シネノはそばまで歩いて行ってしふみに朝のあいさつをしようと思ったのだけれど、どうにも立ち上がることができない。毛をチョン・チョンと摘まれる心地に、ふたたびウットリとしてきてしまっていたのだった。シヅヱのグルーミングは力加減とそのつたなさとが絶妙なあんばいで、またシヅヱ自身のスピ・スピ・スピという呼吸音が絶好のＢＧＭになって、強烈な眠気を誘引するのだった。

シネノのまぶたは落ちそうになり、すんでのところで持ち直すことを繰り返している。向かいの檻では黄ばんだシロクマが、今朝もいつもとまったく同じ運動をすでに開始していた。壊れたように徘徊するシロクマをここで見下ろしながら、シネノはまるで催眠術にでもかかったように、じょじょに首がすわらなくなってくる。

シヅヱのグルーミングが一段落するのを見はからうと、シネノはやっとの思いでそのあたたかい膝のあいだから這いだした。さっき放り投げた棒きれをもう一度拾い直して、ズズ、ズズ、とひきずりながらしふみのところへ歩いてゆく。シネノの動線に沿って芝がめくれあがり、やわらかな土が露出し、放線菌の湿った匂いがそこいらじゅうに拡がった。
しふみはそこにしゃがみこんでいて、ヤホーシネノ、とくぐもった声で言った。わたし、来たよ。シネノはガラスに右の腕を押しつけて、目をショボショボとさせながら座った。

よくきたね、をどう言ってやったらいいか。ほんとうによくきたね、今日も無事に来られてよかったと、しふみに言ってやりたかった。しふみが檻にもどるまでに出遭う可能性のあった多くの危険と、檻に戻ってから彼女を責め立てた不安感、そうしてまたシネノの前に現れるまでの危険とをすべて想像してみようとしても、シネノにはとても数え切れる気がしなかったから。こうして今朝もここで会えるのは、けっして並大抵のことではない、しふみがそれ相応の強さと賢さを備えている証拠だと、そうねぎらってやりたかった、**そうねぎらって、ほしかった。**そういう意味での、よくきたね。慎重に声に出してみようとしたけれど、それらの思いはたんなるキャー、になった。ガッカリした。

シネノは人間と接するとき、自分が言葉を発声することができないというこの一点に、長らく気後れを感じてきた。シネノは子どもの頃、日本語を喋るように訓練されたこともほんのひと頃、あったのだけれど、「こんにちは」がいくら頭の中にハッキリとあって、音韻のイメージに意味まで揃っていたとしても、舌をそのとおりに丸めたり弾いたりのたくらせることがどうしても、どうしてもできなかった。喉のところに舌が落ちかかって発声を邪魔するので、吠えかかるように、せいぜいが「うぉんあ！」にしかならないのだ。

しかし当時シネノの周囲にいた白い服の人間たちは、やっぱりシネノでも厳しいかあ、というような、ちょっとの落胆、いやむしろ安堵のようなものを隠そうとしなかった。シネノは人間の赤ん坊に、負けたことにされたのだった。そうやって〈ヒトにのみ固有の〉性質を確認するたび、かれらはどこか誇らしそうでもあって、シネノはそのつどまともに気分を害さねばならなかった。シネノは赤ん坊に、負けたくなかった。あんな非力でつるつるなものよりシネノのほうがずっとかしこいことを、世界に知らしめてやりたかった。喉の構造上発声がむずかしいというところなのに、そのことをばかにされているような気がして、無性にムカムカするのだった。もっと正確にいえば、だれかにばかにされているような気がするのではなく、シネノ自身がシネノをばかにする気持ちが、こんなときにはどうしようもなく、わきあがってくるのだった。

そういう古いくやしさを土といっしょにゆびでほじくり返しながら、シネノはくちびるを突き出していた。

そのときだった。しふみが、なにか妙な動きを仕掛けてきた。

それは〈手話〉だった。すくなくともシネノにとって、それは〈言葉〉だと感じられた。厳密にはゆびさしとパントマイムのあいだに位置する身振り手振りが連なってあらわれてくるだけだったが、しかしそれら動作と意味のあいだにはゆるやかな一対一の対応関係がかろうじて、あり、ならばやはりそれは一種の手話と呼ばれてよいはずなのだった。

シネノはお尻の穴から背中までの毛が、一気に立ち上がるのを感じた。

わたし——あなた——そのつぎに来る単語が、シネノには分らなかった。

わたしは／あなたを／？？　——……しふみはエへエへと微笑みながら、わたし、あなた、なんとか、それを何度も、ゆっくりと繰り返した。

しふみは句読点を打つようにときおりその手汗をTシャツの裾で拭いながら、一連の動きをぎこちなく繰り返す。シネノはその姿を、なにか懐かしいものを見るみたいにしばらく眺めていた。

手話を解読するときの頭の感じが、古いおもちゃに電源を入れてみるときのように頼りなく、ゆっくりと起動してくるのを感じた。いったいどのくらいのあいだ、シネノは手話を——言葉を、使わずにいただろう？

シネノはひさしぶりにそれをあじわってみたくなって、ごく自然に両腕を持ち上げた。ピアノの鍵盤に十本のゆびを置く瞬間のように、てのひらのなかにそうっと、やさしく卵を握るように。

まず、シネノ自身の大胸筋をゆびで叩いて、わたしは。……わたしは。

ああ、この感じ。言いたいことを頭の中に思い浮かべるのにつれて、身体の動きがコンマ数秒遅れてやってくる、いくつかの単語をゆびさきの踊りで表わすうち、やがて山道を下るときのように弾みがついてゆき、動作そのものが思考をわずかに先導しながら転がり、そこいらじゅうの枝葉をいっしょくたに巻き込んでふくらみふくらみ、ぐんぐん加速していく、気づけば動きのほうに、考えがむしろ引っ張られていっている、速い、つんのめりそうになる、いったんこうなればもう止らない、シネノの脳はもうすっかり躁状態に傾いている、シナプスがそちこちで発火して焼き切れそうになっている。頭の中にため込んであった考えをいっぺんに吐き出すように、ゆびがすばやく、もうとめどなく踊り続ける。モヤモヤとさせてあったものがこの手のなかでかたちを得て世界に飛び出していく、その心地にいっそう興奮してしまって、時折語尾に感嘆符を打つように両手をスパアンと打ち鳴らしながら、シネノは無発声のまま、けれどもおそろしく饒舌になるのだった。言いたいことにそぐう語彙が見つからなければ、即興でオリジナルの形態をつくってそこにあてがった。その遊びは多分シネノにとって、小鳥たちが歌のなかに文法を発明して歌い合うような、そんな愉しみに近いものだった。手話を使うときシネノはいささか性格が素直で、陽気になった。手話では皮肉な物言いをするのが案外難しくって、だから自然と、いつも頭や心のうちがわで思っていることよりも数段、率直で、なんというのか、端的な出力をせざるを得なくなる。けれどもその意外性が、シネノ自身ゆびを動かしてみながら、やけに新鮮に感じられて、動いたあとにそうだったのかシネノはそう思っていたのかと逆に理解させられることすらあって、それが不思議と、嫌ではないのだった。ああ、これだ、これだよ、これだった。流れるようにゆびが踊る、時折ゆびとゆびとが擦れてパチンと鳴る、ああ、そうだこの感じ。

わたしは。……わたしは。

しふみが目を大きく見ひらいているのが分った。しふみの眼球には白目の部分がやたら多くて、新鮮な貝の身みたいにふっくら、つるりとしていて、すごかった。それから首をコールダックたちのするように前後におおいに揺らした、それはイエスの意味、しふみはウンウン、うなずいていたんだった。

ふたたび、わたしは……とやると、ウン、ウンとその先を辛抱強く待つように、深くうなずく。

シネノはそのまま、ゆっくりと十本のゆびをひらいた。お乳のまえで花か炎のように綴じあわせたそれを、頭上に掲げた。おそる、おそる。

わたしは／例外とやった。

わたしは／例外。

ゆえに・だから・その理由から／わたしは／けっして／安らかに眠ること・可能形・ない。

なぜそうしたか。

わからない。

ただ、ほんとうはできることをあえてやらずにいる、それはシネノにとってときどき、腹立たしいこと。苦痛なのだった。

シネノはこのようにして話すことが、できる。どうしようもなく浮かんできては外に出たいと要求するこれを――思考を、身体のうちがわに所有している。できるのだ、やれるのだほんとうは、シネノはシネノの意思を伝えることが、できてしまうのだ。それを長いあいだずっと秘匿してきた、この動物園で、この檻のなかで、たんなる展示物として平穏に暮らし、安穏に死んでゆくために。この境涯に甘んじていた。それでいいと、それがかしこい選択なのだと、思っていた。でもほんとうは、できることをやらずに過ごすしかないこの日々に、シネノはひどく、ほんとうにひどくイラついている。その事実を、なぜかこの日この妙な女に、気まぐれに見せつけてやりたくなったのだった。

しふみはますます目を丸く見開いて、ちょっとあっけにとられたようすで、けれどもやっぱり、うなずいた。涙ぐんでいるようにさえ見えた。しふみはその白く濡れた手でシネノとすっかり同じかたちを模倣すると、それを頭に、うやうやしく戴いた。シネノが例外者であることに同意した——というよりも、共感。共感したように、見えた。

　彼女らふたりは、——【わたしたち】はいま、なにかに挑みたがっている。そのことを分らされた。自分自身の気持ちにようやく向き合ったのだともいえた。わたしたちはどうしようもなく挑みたい、挑みかかりたい。試したい、力を。あるいは誇示したい、この存在を。しかし、いったいなにに？　それは彼女たちのどちらにもまだ、見当さえつかないことなのだった。

　いまので完全にスイッチを押されたらしいしふみは、きゅうにガラスに濡れた両手をべったりとつくや、なかば叫んだ。しふみ、と。その目はすでに真っ赤だった。それで、シネノもなだめるみたいにうなずいた。知っているよ、の意味で。

　しふみは喉のあたりをトン・トンと叩いて必死に繰り返した、しふみ、しふみ！

　シネノはもう一度深く、うなずいてやる。イエス。認める。あなたがしふみだということを、わたしが／認める。

　しふみはすでに引っ込めようのないところまで、すっかり涙の粒をこぼしてしまっていた。シネノにはその理由が分るようで分らなくて、……ただまあ分らないでもなかった、シネノにそのへんな名前を認められたことが、よほどうれしかったのにちがいない。べつに悪い気はしなかった。

　シネノとしふみは、そのままいくつかのことを確かめあった。

わたし／しふみ。わたし誰？　誰わたし？　あなた／しふみ。感嘆符感嘆符。あなた／シネノ。わたし／シネノ。認める。はいはい／認める。いくつかの感嘆符。わたしたち。認める／わたしたち。ここ認める？　ライトヒア／認める。ライトナウ／認める。イエス。イエス。わたし／わたしたち／わたし／わたしたち。感嘆符、感嘆符、感嘆符。

　シネノのおなかに、なにかがせりあがってきた、こみあげてきた。それは身体の中をねじれた風が巻き上げていったみたいなもので、もしくは胃の底で起った地震のようでもあって、とても座ってなどおれず、おもわずすっくとその場に立ち上がった。しふみは真っ赤な目で、けれども凄みのある笑顔で、シネノを見上げた。

【わたしたち】はそれぞれに言葉の通じる同族を持っているはずなんだけれど、それであってさえ分り合えなかった、それどころかひどい誤解を受けた、という経験を、いやというほど何べんも重ねてきている。だから言葉の通じない【わたしたち】がこのようにして、ともだち――のようなものになり得たことに、かえってすんなり納得がいくような、いいえつまりいまここには二重の奇跡が起っているんだわというような、どちらにも捉えることができるような気がしていて、まあいずれにせよ、いま【わたしたち】の目のあいだにあるものは、あの無理解や隔絶、落胆や孤独とは、ほど遠いものなのだった。二匹のそれは言語をつかった有形の交流ではなく、もっとブヨブヨとした——たとえばみずのはいった袋のようなものをふたつ持ち寄って、黙ってそっと押しつけ合うような、そういう無音の、おだやかな交信のなかで進んでいった。しふみが膨らめばシネノが凹み、シネノが膨らめばそのぶん、しふみが萎むのだ。自分のかたちの変容する、そのおもしろさだけを二匹はただ眺めている。ふたつの袋の境は薄い透明な膜いちまいきりで、それはすでに、あってもなくてもいいような境に変っていた。まなざし、あるいは呼吸で、わたしたちの関係は着実に進行していた。お互いの目の動きや表情で、確実にいま同じことを話し合っていると分るとき、シネノはうれしくて、楽しくてたまらなかった。——もちろん、**わたしも。あれはわたしたちふたりにとって、まちがいなく最良の瞬間だった。どこかでペコンと動画を撮り始めた音がして、だれかがわたしたちにカメラを向けていたことさえ、この日ばかりはもう気にしていられなかった。わたしたちはたがいの存在に夢中だった。通じ合うというこの感覚を、それこそ猿のように、むさぼっていた。**

　しふみが帰っていってしまうと、シネノはとたんに、病的な心細さに襲われた。自分自身がなにかとんでもないことをしでかしたかのような、あるいは現在進行形でしでかし続けているとでもいうような、ひどく落ち着かない気持ちになっていた。

その夜は案の定眠りが浅く、もう何十回目かの寝返りを打ったときのことだった。獣舎の入り口に設置された人感センサー付きの照明がパリッと紙袋の破れるような音を立てて点り、暗闇のなかに円錐状の黄色い空間を落とした。シネノがわずかに頭を起してそちらを見ると、瞬間、光のなかを血まみれのチンパンジーが、サッと横切っていった。それはたんなる黒いかたまりとしか見えないようなすばやさで視界から消え去ったが、しかしシネノにはひと目で、それがチンパンジーだと分った。

おかげで、なぜこれまで長いあいだ言葉を使わずにいたのだったかを、シネノはたちまちに、いっぺんに思い出さねばならなくなった。

シネノの不安は、元来血まみれのチンパンジーの姿をとっている。

シネノがすこしでも自分の力を誇示しようとしたり、誰かに対して負けん気を発揮したりすると、その夜かならずこの血まみれのチンパンジーが、シネノを戒めにやってきた。ふいに視界にカットインして、おそるおそるそとがわに出てこようとしていたシネノを、たちまちシネノのうちがわに蹴り戻すのだ。

それで、すぐさま後悔した。日中に見たしふみのもう取り消しようのない満面の笑みを思い出して、いったいそれの何がまずかったか、つまりあのチンパンジーがいったい何をたしなめにきたのかを、はやばやと理解したのだった。ああ、やってしまった。またしても間違った。シネノは両手で顔を覆って、イヤイヤをした。きっとなにか、よくないことが起る。シネノは賢すぎてはいけないのに。賢すぎたら、おそろしいことが、起るのに。

人感センサーがふたたび音を立てて消えると、いっそう濃い暗闇が戻ってきた。深夜の獣舎はしずかで、コン、コンとシヅヱのちいさく咳き込む音だけがしている。

○

それからまた何日かして、閉園後のことだった。獣舎に戻りようやく寝藁の上に腰掛けたとき、シネノの身体からはふけが、まるきり小麦粉をはたいたみたいに舞い上がった。フス、フスとちいさく鼻を鳴らしながら、シネノは考えこんでいる。なにかがおかしい。なにかが。園内を取り巻く空気が、確実に変わりはじめている。飼育員たちはみょうに落ち着きをなくしていて、なにしろ、お客がきゅうに増えたように思えてならないのだった。

ふけといっしょに沈黙が降りてきて、ふたたび彼女のうえに積もりなおした。

配管の張り巡らされた天井を眺めるともなく眺めていると、そのとき風に乗ってどこからか、大木の揺れるような笑い声が聞えてきた。

今度はいったい何が起きたのだろうと、シネノはそのちいさな頭のなかで盛んに想像をめぐらした。いま彼女の神経はすっかり逆立ってしまっていて、いったんこうなるともうだめだった、その音の出所を確かめるまで、けっして眠られないのは分りきっていた。

観念したように寝藁をたって檻の隅まで歩いていくと、アルミ箔の巻かれた銀色の配管に爪をひっかけて、ひと息に天井近くまで駆け上った。通気口のなかへ頭から侵入するその瞬間、チロと獣舎を見下ろすと、タモツとユウエツが揃って批難がましい目を彼女のほうに向けていた。ああもううるさいうるさい、いちいち妬むんじゃない。

けれどもそのとき悲鳴のようなのがダクトの向こうからドッと音圧としてやってきて、群れからのひんしゅくなどはたちまちに意識の外に締め出されてしまった。

ダクトをすべすべと這って飼育員控え室のうえまでゆくと、シネノは盛んとまばたきしながらその直下を覗き込んだ。シネノの黒い顔を、縞縞に裁断された光が照らした。

四人の飼育員がそこに集まって、テーブルのうえに冷めた脂とアルコールの胃もたれしそうな匂いを拡げている。

（家出インコ大捜索の結末は、番組後半へつづく！）

（お次は今週のおもしろ珍アニマルコーナー！）

（最近、ＳＮＳである投稿が話題になっている！）


　ふいにテレビのなかに自分が映って、シネノはギュッと声をあげそうになる。足の指を踏ん張って、どうにかこらえた。飼育員たちがキャーと身を寄せ合い、拍手した。

　シネノの映像の背後にはピコピコとまぬけなＢＧＭが流れていて、耳障りな声が言う。

『ボノボが、檻の中からなにか手話っぽいもので話しかけてくるんです！』

「えー！」「ええー！」「うせやーん！」

（〇×動植物園のメスボノボ・シネノちゃんは、人間でいうと御年三十歳。投稿主の女性はシネノちゃんのパートナー、タモツくんの大ファンで、毎日ＳＮＳにタモツくんの写真を投稿していました。）

（そんなある日……）

「シネノちゃんがこう手をひらひらっとさせて、なんか、かたち？　のようなものを作ろうとしてるっていうか、そんなふうに見えたんですね。えへええへ」

なにーどゆことー、とテレビのなかの誰かが言い、飼育員がオホウと雄叫びをあげた。

(シネノちゃんは、われわれ人類にいったい何を訴えているのだろうか……?)

(番組スタッフは手話通訳の専門家と言語文化研究の教授に、シネノちゃんの手話の翻訳を依頼した!)

(映像を見て貰う。)

「えらい方やん」「受けんな、こんな仕事を」

(はたしてシネノちゃんはなんと言っているのか……?)

「結論から申し上げますと、シネノちゃんは」

(効果音)(効果音)(効果音)

「とくになにも、言っていません」

どぅわははははは、と聞いたことのないくらい大勢の、圧縮された笑い声のようなものが破裂した。

「意味らしい意味は、すくなくとも人間には解釈することができません、というのがいまのところの結論です。そもそもシネノちゃんの手話、まあダブルクオーテーション付きの

〝手話〟ですが……これには文節と呼べるものが存在せず、つまり……」

シネノの黒く潤んだまるい目のうえを、とりどりの色をした光が明滅していた。シネノにはたったいま目にしているそれがなんであるか、咄嗟には理解できなかった。

「……ですからその問いについての回答はイエスでもありノーでもある、が、おそらくボノボなりの一種の手遊びのようなものではないのでしょうか、というふうにしか、わたくしのほうからは申し上げられません」

その目を何度かゆっくりとまたたいたあと、シネノはそろそろと後退をはじめた。狭いダクトのなかで上手に身体をひるがえし、暗い四角の中をきたとおりに引き返しながら、だんだんと、なにかが、こみ上げてきた。

十数分ぶりにシネノがダクトから顔を覗かせると、タモツがヤウ、ガウと尻を高くして唸り、ユウエツは床の寝藁をあつめてぴょこぴょこ、雑巾掛けするようにしていたのを中断した。シネノは無表情のまま配管を伝い降りるや、自身の檻のなかをゆっくりとした足取りで一周、彷徨した。

シネノがそのままショボショボと泣き出すのを、六つの黒い目はめいめいに目撃していた。かれらの黒い顔のなかでもっともよく光る黒が目玉の黒で、それがキョトキョトと激しく振れ、視線はシネノの檻の前で混線した。シネノの涙に困惑したタモツは歯を剝きだしていっそう大声で吠え、ユウエツは指をしゃぶる。シヅヱはぷいと背中を向けて狸寝入りをはじめた。ポタポタと数歩歩いてようやく寝藁の上に腰掛けた途端、シネノの身体からはふけが、ふたたび小麦粉をはたいたように舞い上がる。

三匹には、シネノが何を泣いているのかはよく分からなかった。けれども、かれらがわれわれを笑ったのだということの関係性にかんしては、おぼろげに理解することができていた。

そのときユウエツがふと、すくなくともユウエツからはいまだかつて聞いたことのない、めずらしい鳴き声をひとつあげた。

それは【われわれ】にしか分りようのないニュアンスの、けれどもようするに人間たちを揶揄する意味の、けっこうきつめの侮蔑を含んだ、そういう抑揚の声だった。それを聞きとめたシヅヱが、ふすす、と背中で笑う。タモツもなんとなく、つられて笑う。順繰りにくす、くすと笑いだし、しだいに伝播して、しまいには山ひとつぶんの大笑いになる。

いま【われわれ】は、一瞬のうちに傷つけられた自尊心を、この笑いで、集団で、克服しようとしていた。それは底抜けにやさしく、強い笑いだった。不機嫌顔でうつむいていたシネノでさえ、気づくといっしょになって、肩をふるわして笑っていた。シネノはケタケタとおなかを抱えて笑いながら、三匹に気づかれないようにもう一度、泣いた。

○

その日、ガラスの向こうには朝から人だかりが出来ていた。連日の騒ぎにシネノの体重は数百グラム減少し、体表の湿疹は悪化の一途をたどっている。

子どもが赤い手をベタベタとガラスについて、時折舌でなめた。ガラスには指紋とよだれの跡がこびりつき、シネノは気の遠くなるような思いがした。顔、顔、顔がひしめいていて、向かいのシロクマの檻さえ見通すことができない。見えないけれど、シロクマはいまもきっとあの常同運動を続けているにちがいないと思うことで、シネノはどうにか心を落ち着かせようとしていた。

やけに大きな声で笑う人間のひと群れがやってきたかと思うと、かれらの手によって黒いコードが地面のうえをのたうって、巨大なカメラを肩に担ぐものがあらわれ、最後に他人に日傘で手厚く守られ、扇風機を顔面にあてがわれた男女があらわれて――ボノボ舎の前で、いまにもテレビロケがはじまろうとしているのだった。

そのときふいに、【わるい子《バッボーイ》】という男の低い声が頭上から降って聞えて、シネノは飛びあがり、とっさに檻の最奥部まで駆け込んだ。世界に突如、ひび割れが走ったみたいだった。あたりをすばやく点検するが、声の主である男の姿はどこにも見当たらない。

シネノはたった一度聞えた、まるで白黒映画で俳優の言うような【わるい子《バッボーイ》】が気になってしようがない。全身の毛を逆さに撫で上げられたみたいな不快感が続いている。その甘ったるい声に聞き覚えのあったせいだった、それも強烈に。古い記憶の尻尾が頭の中でときおりひらめいて、摑めそうで、ところが深追いするとするりと逃げてゆく、それがもどかしくて、シネノはすっかりその追いかけっこに夢中になってしまう。座り込んで土に両手をつき、じっと考え込んでいた。

ちょうどそのとき銀色のレフ板がシネノの目に向けてするどい光線を跳ねさせて、シネノはきゅっと顔をしかめる。マイクのハウリングがゴウンと響きわたって、森じゅうの鳥類たちがいっせいに枝を飛び立つ羽音が、ほうぼうから聞えた。

「えー、〇〇社の田中と申します本日はよろしくお願いいたします。ＳＮＳで大バズり中のシネノさん、シネノさん効果で来園者がなんとニイテンゴ倍に増加したとかしないとか。コロナの余波にあえいでいた園をあなたが救いました、そのへんいかがお感じでいらっしゃいますか！」

気づけば、シネノの半径五十センチをすっぽりと包囲するように、頭上から黄色いスポットライトが落ちていた。

「シネノさんは現在群れのリーダーを務めておられるということで、若いメスのかたのご活躍が世間的にもいまひじょうに注目されていると思うんですけれども、若いメスならではの観点といいますか、群れを統率していくうえでのメスの利点のようなもの。なにかありましたら、ぜひ！」

「お子さんがいらっしゃるとうかがったんですが、子育てをしながらのリーダー業で苦労されたことがあれば教えて下さい。それから、パートナーであるタモツさんからのサポートなどもやはり、成功の決め手になったんでしょうか。今回の件について、タモツさんはなんと？」

　背後をキョロキョロ見回しても、いま檻の中は洞窟のように暗転していて、ユウエツの姿はどこにも見つからなかった。空が消え、緑が消え土が消え、向かいのシロクマが消えて、……シネノはようやく察知する、ここがいわゆるステージであること、かれらは客席にいて、シネノはいまひとり、壇上に置かれていることを。

　煌々と焚かれたライトがいま、シネノのスチールめいた体毛をチリチリと炙っていた。光のただなかから見ると群集はただひとつらなりの山脈のようになって暗転し、ヒトだかトリだかほとんどなにも、もう見分けがつかないのだった。両手足からチュッとかすかな音を立てて汗の噴き出したのが分った。ユウエツに助けを求めようとして高く叫ぶ。返事はない。

　客席はいま、固唾を呑んでシネノの言葉を待っている。

　シネノは理解していた。檻と獣舎を往復するだけの日々をおびただしく繰り返してきた彼女であればこそまざまざと分るのだった、いまチャンスが、一万日に一度あるかないかのチャンスがいま、自分の目の前にめぐってきていると。

　――しかしわたしは、ほんとうに〈特別な〉猿なんだろうか？

　つめたい考えが、彼女の胸のなかに差しこんだ。

　シネノは研究所にいた頃から、ここぞという大一番に弱かった。外からシネノを見にきたお客がいると分ったとたん、頭が真っ白になり、普段ならば百発百中で正答できるものをミスし、行儀よく椅子に座っていることすらおぼつかなくなった。なかば自滅するようなかっこうで、積み上げてきた〈せっかく〉を、手ずからふいにしてしまうのだ。なんとなく気づきはじめてもいる。猛然と悔しがったり嫉妬したりしているうちしか、つまり敗者であるうちしか、シネノは光ることが、できない。

　もういい、もうここにいることにする。ただ安全な檻のなかにいて、やさしい飼育員に一から十まで世話されているので、いい。恥ずかしい。恥ずかしくってたまらない。今すぐ群れのなかに紛れ込みたい、これがタモツだかシヅヱだかユウエツだかシネノなのだか、誰にも分らなくなればいい。どうせ、どうせ特別になりきることができないならばいっそ。いっそわたしは、あのフカフカのなかに戻りたい。シネノは痛切にそう思って、つめたくなった両拳をつよく握った。

　記者たちはこのあまりに長い沈黙にすこしの戸惑いを見せながら、それでも果敢に質問を投げかけ続けた。おびただしい数のマイクが生きものの触角のようにシネノを指向し、それにつながる管は四方にまがまがしくのたうっていた。

「今日のおやつには何をめしあがりましたか！　オフの日にはなにをして過ごされていますか、ついでに人生最大の挫折経験も教えて下さーい！」

「ボノボのみなさんはパートナーや性別にかかわらず群れのなかで気軽に交尾をされるとのことなんですが、そのへんのことをご主人とはどのように話し合われているんでしょう？　夫婦円満の秘訣って、なんなのでしょう！」

「いやあシネノ選手、ああーッ、残念でしたッ！　夢の舞台はもう目の前でした！　表彰台にあと一歩、あと一歩手が届きませんでした！　世界への切符を逃したいまのお気持ち！　いかがですか！」

「あのときあなたはなぜ、あのような愚かな行いをしたのですか？　トイレにこもって出てこなかったのは、悪いことをしたという自覚がおありだったから、ですよねちがいますか？　卑怯だったとはすこしも思われないのですか？　謝罪を。あの日出場されていた全ての選手に向かって、いや全アスリート、全世界に向かって、さあ大きな声で、謝罪を！」

不快なことを聞かれたときの海外アーティストのような目で、毛むくじゃらの生きものがいま、無言でかれらを見つめ返していた。言葉の意味を咀嚼しながらまずわずかに気持ちを動揺させ、つぎにインタビュアーを軽蔑し心を閉ざしたその流れが、目つきと姿勢の細かな遷移から、いちいち客席まで伝わってきた。

シネノがそのままじっと押し黙っていると、くらやみのなかからつぎつぎに、さまざまな音がはじけだした。まずは嘔吐《えず》くように咳払いする音。ゴウェッ。つぎにエックとしゃっくりする音が一定間隔おきに・エック、紙のせろせろこすれる音そしてまたしても・エック、誰かがあくびをすれば顎の骨がギュリッときしみ、内臓が傷つきそうに激しいくしゃみがヴァッシュエン・エック。イッチュシャン。

それでもなおシネノは答えられずにいて、すると今度はしゅわしゅわと言い合う声が聞えてくる。

「答えませんね。何様のつもりなんですかね、あのメス？」

「さあ、プライベートのことはいっさいお答えいたしかねますということなんじゃないですか？　最近は行く先々でこんなんばっかりですよ、人となりを知ろうとするのがそんなにいかんことかしらね」

「見出しどうします？　メスボノボ、十五分間終始無言つらぬく、でいきましょうか？」

　それらの声ならびに音は次第に殖え、輻輳し、今では空間全体を覆う大きなどよめきに変っていた。

　人間はなぜこんなにも質問がすきなのだろう。質問をされたらほとんど強制的になにか答えねばならないのも、なぜなのだろう。そうだった、「？」ときたらなにがしかの「！」を返さねばならず、つまるところそれはありがとうに対するどういたしましてで、おかえりに対してのただいま、じゃんけんに対してのぽん、なのだった。

　手のひらと足裏の汗はこわれたように流れ続け、今ではシネノを取り囲むように、ステージのうえにちいさな水たまりを作っていた。

　なにか言わねばならない、なにか。答えなくては、教えてやらなくてはならない、シネノの大切な、胸の中にあるブヨブヨとした、なにか。これをいますぐ切り出して、相手にもみえるかたちで差し出してやらねばならない。どこで切っていいか分からないから、あるいはそこには血管が走っているかもしれなくて、断面からはぱっと血が噴き出しかねない。しかも超特急ですするのだから、血まみれのそれを目に付いた小箱に手当たり次第放り込むことになり、相手の前に差し出した頃にはすでに、胸のなかにあったときとはまるでちがった色をして、あんまり無理に押し込んだせいで窒息していて、端から腐りはじめてもいて、すでにシネノにもなんだかよく分らなくなってしまった小箱入りのそれを、不可解な気分のまま、しぶしぶ手渡すことになるのだろう。相手は相手でとくべつありがたがるでもなく、すこし検《あらた》めた程度で小箱をかれらの足下にぽい、と放ってしまう。シネノは血まみれのおなかを見下ろして思うのだ、それはいったい、なんだろう？　いまとりおこなわれたこれこそが、かれらのいう〈理解〉なのだろうか？

言いたくはない、ほんとうは教えてやりたくはないこんな見ず知らずの連中に、シネノのなにひとつ。

　そのときふいにあらゆる雑音の前面に、低い男の声が躍り出てきて、また言った。【いますぐやれ《ドゥーイット・ナーウ》】と。シネノはその野太い声にやはり強烈な聞き覚えがあり、耳のなかから小バエを追い出すように首を振ると、背中を弓なりにして周囲を警戒した。

　声はふたたび、シネノの耳のすぐそばで鳴る。【やるんだ《ドゥーイット》】。【見せてやれ《ドゥーイット》】。シネノはいよいよもって驚き、彗星の軌道のように眼球をぐるぐると振り回した。

　男の声はなおも言う。

【やれ《ジャスト》】、【やれ《ドゥーイット》】、【やれ《ナーウ》】！

シネノは錯乱したまま立ち上がると、カメラに向かってそのゆびを信じられない速さで踊らせた。いつかと同じだった。手の動きに先導されながら、わずかに遅れてそのことを思考した、気づかされていった。


私／私は／たぐいまれなる猿／わたしは、例外／ゆえに・だから・その理由から／安心して／眠られない。

それでも／それでも／ひどい不安の嵐のなかでこそ、ワタシ／いっそう、かがやく。

それでこそ／それでこそ、このあたし。

言ってやる／お前たちからさずけられる、栄冠なんか／もうまっぴら。

我は／わたくしの手／私の、足で／みずから／てずから／見ろ／見ろ／黙れ黙れ黙れ
――


誰のものだか判然としない呼吸音がシネノのうちがわに大きく響き、昂ぶり、限界まで膨れ上がった、ついにその長い腕が振り上げられ、拳は重力を抱き込んでガラスに向かってまともに振り下ろされた。**ジタン！**　という激しい音が耳のすぐそばで破裂したその瞬間、**わたし**はわたしのなかに蹴り戻されていた。

とっさに何が起ったか分らず、おそるおそる目を上げるとわたしはガラスのこちらがわにいて、あちらがわでシネノは猿に、荒ぶる猿に、なっていた。

照明は消え太陽光に代り客席の人びとは波のようにその場を引いてゆき、わたしは地べたに尻餅をついていて、エッとまぬけな声をあげかけて、わたしは――

撮影されるシネノを、いち観客として見ていたのがわたしだった。人気者のシネノちゃんを人だかりのなかからさみしく見ていたのが、わたしだった。

あのとき――カメラがシネノの姿を捉えることをやめても、シネノの興奮はいっこうにおさまらなかった。それどころか、シネノはシネノ自身の声の反響、あるいは打撃の手ごたえによって、いっそうその興奮を強めているようだった。ユウエツも木の枝を揺さぶりながらいっしょになって鳴きだして、キャーキャーという断続的な怒号が、森じゅうに響き渡っていた。

わたしはわたしで混乱していた。それでも自分ならばシネノをなだめられると過信して、大きな声でなにか、言ったのだったと思う。揃って上半身をのけぞらしている群集をよそに、たったひとり、勇ましく。いかにも身内の者です、みたいなタイミングで。

するとシネノは檻の奥から助走をつけて、勢いそのままに全身を放り出すや、とてつもない威力のタックルを繰り出した。ガラスは瞬間、下敷きみたいにぐわんとたわみ、わたしの鼻の先で真っ二つに割れてもおかしくなさそうだった。ふたたび悲鳴とどよめきが上り、わたしはとてもしゃがんでいられなくなって、その場にあらためてひっくり返った。

テレビクルーに怒っているというのとも、なにか違っていそうだった。シネノの怒りの射程はあのときすでに世界じゅうの全方位に向けられていて、誰かを名指ししているというのともおそらくは違っていて、――ただしそのなかにはもれなくわたしも含まれているのだと、そのことが直感的に分った。

とっくにばれていたのだ、シネノには。檻に毎朝通い詰め、執拗に目を合せたがり、しきりになにか話しかけてくる女が、自分をひどく曲解しようとしていることに、まさか彼女が気がつかないわけがなかった。

テレビクルーが彼女にアニメ声で幼児語を喋らせたがったように、わたしは彼女に深い女優の声で憂鬱を、語らせたかった。わたしもまた、彼女を都合良くアフレコしていたのだ。「才能ゆたかな臆病者」「傷ついた天才」の役柄をシネノに仮託し、同じくるしみを抱えている者どうしだと決めつけることで、わたしは自分を慰めようとした。じじつ癒された、シネノの目から、檻の中から人間世界を冷ややかに眺めているあいだ、わたしはわたしの諸問題から完全に解放されていた。でも、だってそうでもしなければ立っていられなかったから。わたしは彼女たちに匿われたかった。騒動のほとぼりの完全に冷めるまで、ふわふわとしたあの集団にまぎれこみ、安全に匿われていたかった。誰にも了解してもらえないわたしの奇行を、けれどもシネノなら？　シネノならあるいは、たったひとりの共感者として、わたしの擁護をしてくれる気がしてならなかったのだ。お前のいったい何が問題なのか、と。猿の世界ではそんなことは罪にはあたらないと。責めるほうがどうかしている、シネノでもきっと同じことをしたと。理解すると。そう言ってほしくて、たまらなかった。ほんとうに、シネノでよかったのだ。冗談でもなんでもない、ボノボの群れのなかにいられれば、わたしはそれで、よかったのだ。

　しかし彼女は歯茎を剝きだし涎を垂らすことで、わたしのこの甘えた幻想に抗ってみせたのだった。シネノはあのときわたしを、明確に拒絶したのだった。

　わたしはシネノのことをまだなにも知らなかった。彼女がどこからきて、なにを嫌い、この世界になにを、望んでいたのか。シネノとは何者なのか。知らないのだということをようやくあの日、思い知った。わたしはほんとうは、彼女のことを、なにも。

◎

――F／F／F／F／F！

チンパンジーがアルファベットの【F】に似たキーを拳で殴るように連打したあと、キーボード上にはない単語をギョーと叫んだ。それはきっとローカルなチンパンジー語で、あるいは高度なスラングで、私にもその意味をとることはできなかった。

この場所は刑務所の面会室によく似ている。あるいは、教会の告解室に見えないこともなかった。

ガラスの小窓を隔てた向こうの部屋は、机も床も壁も無機質な銀色をしていて、目の奥がクラクラするような蛍光灯の光に照らされている。小窓からは椅子に座ったチンパンジーの、キョトキョトといたずらっぽく動く二つの目が見えている。

空からぶつん、と音がして、そのあとヂヂヂという雑音とくぐもったヒトの声が、スプリンクラー付近から降ってくる。

――おい君たち、いったい何を遊んでる？　キーを、キーを使いなさい。ほら、いつもどおりにやりなさい。キー！　キーをきちんと、使いなさい。

ヒトが言い終わると、ふたたびぶつん、と音を立てて、雑音じたいがふっつりと途切れる。

するとチンパンジーは、私の目の底になにか面白いものを見つけたというように身を乗り出して、無遠慮に覗き込んできた。私もまた生来の負けん気を発揮して、かれの目を真っ向から見つめ返す。二匹の目は頭上の照明を集めて、むやみに光っていた。毛は胞子のようにふんわりと広がり、その先端は光に照らされると粉っぽさが際だった。チンパンジーは人間たちには聞きとることのできない周波数の声で、節をつけてなんらかのことをうなった。すくなくともそれは好意ではあり得なかった、憎しみを多分に含んだ怨嗟の音階だった。やがてゆっくりとその歯を剝きだして、威嚇？　いや、これは――

そのときガラスのむこうで、人間たちの騒ぎ立てる気配がした。私はチンパンジーと依然睨み合ったまま目を逸らすことができず、耳と目の端だけで人間たちの動作を感知している。私たちはずいぶん長いこと、不自然なほどの時間、こうしてじっと見つめ合っていたらしい。人間たちは猿の作りだしたこの数分間の奇妙な沈黙を、いやに怖れているようだった。

なぜか？

それは人間たちのなかに、潜在的な罪悪感があるせいにちがいなかった。

その動揺ははじめのうち、数人の眉間に皺が寄るとか、首が傾くとか咳払いするとかいう程度のちいさなものだったが、次第にチロチロと顔を見交わすものが増え、手前の女の顔が緑色になり、誰かがオイ、と低くつぶやいたのを合図にして、一挙にパニック状態に陥った。人びとは慌てたようすでなにごとをか叫び交わし、何人かがすっかり取り乱して甲高い悲鳴をあげ、何人かが転げるように部屋を飛び出して行くのが見えた。【わたしたち】はそのすべてをいま、身じろぎもせずに目の端で知覚している。

キャビネットのひっくり返る音をきっかけにして、チンパンジーは無線機を通したような雑音混じりの声で語り始める。チンパンジー訛りのボノボ語で、つぎのように言う。

――しゃべる／おまえ／わるい子。

――かしこい／おまえ／わるい子／わるい子。

――ゆえに・だから・その理由から／怖いの／くる。

チンパンジーの背後で、ドアノブをごとんと回して誰かが入ってくる音がした。

かれは歯を剝きだして、いよいよニッタリと笑いだしている。私はかれがこれから何をするつもりか、ほんとうはとっくに分っている。入ってきた誰かが、【わるい子】を連打しているのが聞える。カシ、カシ、カシとキーがこすれて、【わるい子】【わるい子】【わるい子】【わるい子】、私の心臓はドッと深く打ち、見る間に呼吸が浅くなっていく。

0

十九キロ地点を過ぎたころ、わたしはかろうじて先頭集団に食らいついていました。

あらゆる筋肉が腱が内臓が、みんな揃って「勝ちたい」と思っていました。しんどい感覚を遮断して、首から上だけで世界を眺めているといったらいいんですか、リズミカルに上下する乗り物に乗っているような感覚、そのモードにきちんと入れていました。

たしか、ラスト三周に差し掛かったころでした。沿道でカメラのフラッシュがチカッと光って、どこかでペコンと動画を撮り始めた音も聞えました、その拍子にバツッと集中が途切れたのを、きゅうにノイズキャンセリングが切れたみたいなその瞬間を、わりと鮮明に覚えてます。変な言い方ですけど、そのときからやっと物心がついたみたいな、そんな感じがしました。目をパチクリしばたたいて、あらためて沿道に目を向けると、身を乗り出してこちらに向かってスマートフォンを構えているひとたちがたくさん、たくさんいました。どうしてだかみんなにこにこ笑っていましたけど、たいていは手許の画面を見ているので、そのなかの誰とも目は合なかった。

アスリートにあるまじきことだと分っていますけど、こうなるときゅうに、自分の見え方が気になりはじめてしまったんですね。見え方というのは、うーんなんだろう……そうですね、今の今まで表情なんて微塵も意識していなかったし、鼻水なんかも垂れてきていたし、わたしいまひどいありさまなんじゃないかって、そんなふうに。ほんとうにばかげた話なんですけど、こないだの国際で誰かの撮ったわたしの写真が〈奇跡の一枚〉だって、ツイッターかなんかでそこそこ、バズったらしくって。〈競歩界のニューヒロインたち〉とかいって、まとめ記事になったりも、してて。その写真がきっかけではじめてテレビの取材を受けたし、会社の広告にもわたしの顔が使われることになりました。長年やっててこんなふうに注目されたことなんて一度もなかったから、たぶんコーチたちの言うとおりすごくありがたいこと、だったんでしょうけど、でも、自分、みるみる弱って、身体のあちこちに移動式の発疹がでて、何を塗っても引っ込まなくなりました。知らないひとたちが知らない場所で自分のことを噂しているっていう状況が、とてもふつうのことだとは思えなかった。いったん〈美人アスリート〉とか標榜されてしまったことによって、そこに〈美人どこ?〉とか〈チェンジで〉とか〈思てたんとちがう〉とかですね、無邪気に書き込むひとたちがポツリポツリと、現れてきたわけです。〈いや正面ショットこれやぞ〉、〈マジで奇跡の一枚だったんやな、解散〉みたいなコメントも、フッ！　いくつも見ました。なんて、言ったらいいんでしょうね。ただ速く歩きたいという気持ちでここまで来たのに、どうして見ず知らずのひとたちにルックスを、だって、ルックスをですよ。歩型じゃないんです、ルックスを、なーんで好き勝手に品評されなきゃならないんだろうかって。

　ところが、だんだんとここに自己矛盾が生じてきたんです。わたしはミテクレなんて気にしない、「その部分はすこしもわたしの本質じゃない」といって怒っていたはずなのに、気づいたらいつのまにか、まるっきり思春期の学生みたいに鏡ばかり覗くようになって、自分の顔のことがいやでいやで、仕方なくなっていた。整形のカウンセリングに行くことも、何度か大まじめに考えたほどでした。あっというまに、エゴサーチも止められなくなって。本業とは関係のないところにすっかり気を取られている自分に気がついて、つくづく嫌気が差しました。ほんとうに、情けなかった。もう写真を撮られるような仕事はいやだと訴えてもみました。でもコーチや監督は、いまどきアスリートも人気商売なんだから、勝てば注目されるのは当たり前だと。お前もすこしはプロ意識を持ってうんぬんとさんざん諭されましたけど、プロ意識ってなんだと思います、じっさい。いや、わたし正直こういうのにいちいち傷ついてしまうんだけど、ぜんぶサラサラ平気でいなくちゃプロって務まらないんだろうかって。けっこう真剣に悩みました。

　それで、とにかく一瞬のうちにそんなことがよぎって、そこから先のレースにかんしては、どうしてか中継映像で見た絵でしか思い出せません。

　わたしは先導のバイクごしに、歩くわたしを見てる。折り返し地点でレースが動き出しました、いま彼女は先頭集団から頭ひとつ抜けて、独歩状態で首位につけています。ストライドが狭くなって歩型が乱れはじめてる、ついには片腹痛いわポーズまで！　ほらあの、脇腹おさえながら歩くのを、わたし長年〈片腹痛いわポーズ〉と呼んでいて。大学の先輩がインカレのときに、監督、オレ、片腹痛いですー！　って叫んだのが部内で流行って、以来ずっと。肝心な場面であれをやる選手のこと、内心ですこし馬鹿にしてたんです。自分今日は本調子じゃないんです、ほんとうはもっと速いんです、みたいな甘えたメッセージに感じられて。ところがこないだのレースではびっくり、なんとわたし自身が片腹痛いわポーズをしているじゃありませんか。彼女がいま歩きながらいったいなにを考えているのか、わたしにはもうまるで分らない。とにかく、ここまできたらもう絶対に負けられないはずでした。こんなチャンスはもう二度とめぐってこない。なんとかしなきゃと思っていたはずです。なんとか逃げ切らなきゃ、どうにかして勝たなきゃ。でももし勝ったら、ほんとうに勝ってしまったら、……

　そのとき向こうの診察室で、カーテンレールがシャッと威嚇するような鋭い音を立てた。午後のクリニックは混み合っていて、看護師の誰かが不機嫌なのらしかった。向かい合って座ったセラピストがわたしの言葉を引き取って、なにか毒にも薬にもならない感想を述べはじめたようだった、「勝ってしまったら、具体的にはいったいなにが起ったんでしょう？　あのときなにが、あなたはこわかったのでしょうね？　過熱する報道？　激化する写真撮影？　おもちゃにされる感覚？　バッシング、でしょうか？　わたしちょっと思うんですが、あの暴挙はあなたなりの切ない反抗、一世一代のストライキだったのでは、ないですか。あなたをジャッジしようとする世の中への、あれは一種の復讐だったんだ。ねえそうでしょうちがいますか・何か異論でもあるんですか？」みたいなことを、もうすこし当たり障りのない表現で言っている気がした。ふと時計に目をやると十三時十五分をまわっている。うそ、こんなどうでもいい導入に十五分もかけちゃったの？　わたしは時計の秒針に目をひっかけたまま、慌てて口をひらく。

　それでレースでのことですけど、どうしてあんなことしたのか、ずっと考えてはいるんです。でも、考えても考えても、あのときの自分だけ他人の記憶みたいにわたしから抜け落ちていて、すごく不思議なんですけど、どうしても思い出せないんですあのときのこと。それなのにあのときの自分こそ本来のわたしなんだというような気もして、あの、ああの、それなのにどうしてだかあのときのことだけは、いまだにうまく言語化できなくてあのそのあの、ですから、あの、……

そのさきがつかえて出てこなかった。わたしがセラピストからの質問に動揺しているのはあきらかだったし、いつのまにか例のニヤニヤ笑いがはじまっているのにも、このときようやく気がついた。

セラピストは深くうなずくと、ばかばかしいくらい穏やかな口調で言った、思い出すのがおつらくなければ話してくださってもいいし、話してくださらなくても、いいんですよ。あなたには沈黙する権利が、自由があるのですからあ。

わたしはかすかな苛立ちを感じ、五本の指で額を掻くと、口もとをただしてからしばらく考えて、遅いんですわたし、と切り出した。遅かったんです。

セラピストが、遅かった、と重々しく復唱した。

ええ、発育が遅かったらしいんです。わたしはなにかにつけて〈遅い子ども〉でした。両親の結婚があの時代にしてはずいぶん遅く、必然的に母の初産も遅かった。あのひとたちは当時大学講師と社会人大学院生の身分だったので、母は博士論文を書きながら陣痛を待ったそうです。出産予定日を十日過ぎても破水するようすがなく、ついに論文は書き上がってしまいました。母はそのときのことを、おかあさんのキャリアに気を遣ってくれたんでしょしふみちゃんのことだから、って。けっきょくは帝王切開でむりやり引きずりだされたわけですけど、生れたら生れたでこんどは発育のほうも、そうとうに遅かったのだそうです。なかなか寝返りを打たず、なにより初語が著しく、遅かった。両親ははじめ、この子は耳が聞えていないんだと思ったそうです。あちこちの病院をたらい回しにされましたが器質的な問題は発見されず、何軒目かで自閉症という診断がおりました。それで、信じてもらえないかもしれませんが、わたしにはまだ自分が話さなかった頃の記憶が、うっすらとあるんです。わたしは話せなかったのではありませんでした。話さなかったのです。かれらと話したくなかった。口をきいたら最後だ、というくらいのそれは強迫観念にも近いものでした。だからじっと押し黙って、観察していた。

　オソイオソイと一族の心配する声が、まるでわたしのほんとうの名前のようでした。わたしはオソイ。未だにしつこく思います、わたしはオソイ、平均よりもずっとずっと、何をやらせても、人よりオソイんだと。ものを食べるのもオソイ、頭の回転もオソイし、いろんなことに気づくのがことごとくオソイ、結婚もオソイ、病気の回復もじっさいオソすぎる、復帰もオソイ、ようするに生きるのがオソイ、わたしはオソイオソイオソすぎるんだ。だから速く、もっと速くならなければって……

　それで、そうです、レース終盤、もうすぐ最終ラップだ、わたし勝つんだ、とハッキリ自覚したときに、最後の給水地点が見えてきました。スペシャルドリンクっていうんですけど、各人がモールやマスコットやいろんな飾りで、自分のボトルをそれと分るようにマークしておくんです、それはもうゴテゴテに。遠くからは、まるっきり幼稚園の工作発表会みたいに見えました。インコースに寄せながらふと後方を確認したら、岸野が上がってこようとしているのが見えて、ああここから勝負かけにいくつもりなんだなって。歩型も崩れてないし、彼女ピッチで稼ぐタイプなんですけど、スタミナがあるので後半に強くて、いいペースだな、ノッてるな、ああいけそうだなって、思いました。岸野とは出身校が同じなんです。わたしの八つ下で、まだ、大学生で。彼女次の五輪の有力候補ともいわれてて、いわゆるホープです、ファンもすごく多くて、ツイッターの下馬評を見るとおおむね○や、◎がついていました。○の岸野選手と、△のわたしだと、そう思いました。

　ああ、ここからのスパートで、岸野に負ける可能性はまだ、じゅうぶんにある。手汗のひどく噴き出してきたのが分りました。足の裏からもです。シューズのなかで靴下がザブザブ、前後に滑りはじめました。このままじゃいけない、はやく、もっとはやく。

　みるみる給水所が近づいてきます。わたしの頭は一瞬のうちに、ある可能性を演算しました。

　それで、一度想像してしまったら、もうだめでした。〈万が一やってしまったらどうしよう〉が突沸するみたいに頭のなかで膨らんでみるまに〈やってしまうかもしれない〉になり、〈きっとやる〉、〈いやむしろ自分で選べるいまのうちに自分の手でやってしまうべきなんだ〉、〈やろう〉〈もうやるしかない〉〈はやく！〉になって、そそれで、そのときにわ、わたし、……

セラピストがンー、ンー、ソウデスカ、ソウダッタンデスネイ、とまるでわたしと並走するようにこまかく相槌を挟んでくるようになっていて、わたしはその声を振り切るように言葉を先へ先へ先へと掃射し続けた、やがて傍らからひろげたタオルでもってわたしの身体を抱き止めるように、ソレデハ！　と声を張り上げた。言葉の速度を上方へ無理矢理取りあげられた感じがあって、わたしはキョトンとしてしまった。

——それでは瀬尾さん、初回ですし、ね、今日はこのへんにしておきましょうか。

なかば強制的にしゃべることを制止されて、わたしはようやく吸気することを思い出した。ツハア、と水の中からひさしぶりに顔を出した人間のように、肺や喉がけたたましく鳴った。

ああっやだどうしようだめですね、まだぜんぜん調子悪いみたいですね、わたし。こう言ってわたしが両頬をぱちんと触ったとたん、わたしたちはまったく同時に緊張から解放された。止り方の分らなくなったわたしだって怖かったけれど、それを見ている相手はもっと、怖かったことだろう。空気が弛緩した拍子に、わたしたちはたがいにナハア、とひとつ笑い合った。その瞬間だけ、このセラピストにかすかな好感を抱くことができた。

アパートに帰り着くと、テーブルのうえにスーパーのレジ袋がなかのものを転がしながら瓦解していて、コーチが買い出しを済ませてまたかれのマンションに引き揚げていったのが分った。

例の件でまだ数日おきに気分の動揺するわたしを、コーチもいい加減持て余しているのが分る。かれお得意の〈メンタルケア〉も、この頃はわたしが拒むので成立しなかった。そのことで先週深夜に怒鳴り合いになっていらい、こんなふうになるべくわたしと顔を合せないように、自宅に戻ることが増えている。

コーチは励ました。ねえしふみ、せいぜい一ヵ月だよ、一ヵ月。俺たち、一ヵ月だけ耐えてみようよ。ナッ。人生のうちの一ヵ月なんてさ、もう一瞬。一瞬じゃん。会長の請け売りだけど、現代じゃ人の噂も七十五日なんて大嘘らしい、ネット炎上が鎮火するまでたったの七十二時間って説も、あるらしい。いまって一日あたりの情報量が増えてるだろ、それこそ他のだれかが何かやらかせば、あっちゅうまに忘れられちゃうんじゃないか？　ていうか、お前が思ってるほどたいした炎上でもないよこんなの、たかだかこーんなちいちゃな界隈の話なんだし、来年の今ごろには笑い話になってるよ、お前はまたふつうに歩いてるよ。大丈夫大丈夫、人生、なんとかなるもんでえ。

俺たち？　わたしは話の序盤で思考がスタックしていて、思わず目をみひらいて、胸の中で復唱していた。よくもオレタチなんて言えたものだと思ったから。すでにわたしからの撤退を目論んでいるひとに、冗談でもチームを結成してほしくはなかった。なにも勘づいていないと思っているようだけれど、悲しいことにだいたいぜんぶ、知っていた。

わたしがにわかに不機嫌になったのを感知して、どうなったとしても俺が守ってやるからとかなんとか言いながらかれはわたしの背後に立ち、わたしの両肩を下から上へ、何度も乱暴にさすり上げるようにした。

されるがままに上体を揺すぶられながら、どんな言葉もしらじらしく聞えてならなかった。コーチはあくまで裏方で、名前にさしたる傷などつかない、なにしろ、このままわたしが再起不能になったとして、わたしよりも若くて将来性のある選手を引っ張ってくればいいだけのことなのだ。それこそ、たとえば——首を揉まれながらわたしがすこし笑ったので、なあに？　とコーチは顔を覗き込んでくる。わたしはなんとも言えずに頭を振り、ニコニコうつむく。もしかすると、いいえもしかしなくてもきっと、その有望でかわいくてあたらしい選手の部屋にも、このひとはこうして上がり込もうとするのだろう。わたしにしたのとそっくり同じ、手順を踏んで。そういうやり方でしか、選手の〈メンタルケア〉は成立しないと思いこんでいるようだから。

レジ袋の中身を検めるが、食べたいものがなにひとつ見当たらない。でも、ありがたく思わなくちゃ。こうも親身になってくれるすばらしいコーチを持って、わたしはきっと、しあわせ者なのだろうから。

○

コーチにかけられたサイトへのブロックをかいくぐるために、シークレットタブをひらく。

検索窓に自分の名前を打ち込むと、サジェストにはつぎのような言葉が列んだ。

【瀬尾しふみ】【危険行為】【謝罪】【失格】【トイレ立てこもり】【肘打ち】【レッドカード】【引退】【処分】。

首の後ろからじょじょに全身が硬直していくのを感じながら、どうしてだか検索をやめられなかった、引き返すことができなかった。もう何度目だろう。せっかく数週間我慢して着実に遠ざかっていたはずの嵐を、こうやって発作的に、手ずから呼び戻してしまう。

後悔するのは分りきっているのに。

騒動の概要記事と、その下にくっついたコメント欄にたどりついた。親指で画面を漕ぐようにして、スクロール。半年で免停二回ってなんで？　アスリートやってなかったら犯罪とかやらかしてたタイプの方なんだろうか。まあ、選手としては今回の件で完全に終わった感。スクロール。擁護してるひとたちは、切り取られたとこだけじゃなくてこの前後の動画も見てほしい、どう見ても確信犯。スクロール。足引っ張られた岸野ちゃん、かわいそすぎんか。ところで岸野ちゃんマジでタイプです。スクロール。やらかしてからのトイレ立てこもりはもうこれ競歩史に残る伝説よ。戸惑いつづけるコーチと実況のまとめ、どっかに落ちてないかな。スクロール。スクロール。このひと、ビッグマウスというか、コメントがいちいち攻撃的なの気になってた。個人的にはなんか納得。スクロール。スクロール。地元の友達に激似。たぶんふたりは出会ったら死にます。スクロール。スクロール。大事な最後の給水、盛大に妨害したあとでニヤニヤ笑ってんのが信じられない。嫌悪感しかない顔も見たくない正直引退してほしい。スクロール。スクロール。スクロール。スクロール。

コメント欄のうえの動画のなかを、あの日のわたしが、歩いている。

わたしは血走った目で背後を振り返る、岸野がわずか七メートル程度の位置にふくらみながら上ってきている、追い抜く気だ、それから周回遅れで先を歩く外国人選手の背中を見、右斜め前方の給水所を見る。わたし追われていて、彼女、追っていて、わたしたち肉薄している、ああ近づいてくる、岸野の身体の熱をすぐそこに感じる、だめだ数秒以内に追い抜かれる、脇腹は痛い、呼吸が乱れてる。手汗の噴き出してきたのが分る。いやだ勝ちたい、死にたくない！　ところがそこで胃の底からこみ上げてきたものは、抑えがたい失敗欲のようなものだった。積み重ねてきたものを、すべて、根こそぎ、完膚なきまでにぶち壊してしまいたい。それをやってのけたら、いったいどんなに気持ちがいいか。その発作的なアイデアは奇妙な高揚感を引き連れてやってきて、たった数秒のうちに思考を占拠した。脳内がその昏い願望でパンパンになった、もうそのことしか考えられなかった。気づけばそうす〈べき〉だと、むしろそれ以外になにをやることがあるんだ、というような気持ちになっていた。この瞬間のために、自由になるために、わたしは今日までコツコツ歩いてきたんじゃあないかと。もはやなにを考えるでもなかった、ただなにかを、なにかをしなくてはならないとこれはもう本能的に思った、わたしはその発作をどうにか身体の外に逃がそうと死に物狂いになっていた。なにかやれ、今すぐに。死にたくなければやれ、やれ、いますぐに、やれ。

次の瞬間、わたしは給水の机に向かって突進している。接触する瞬間のその衝撃を全身で受け止める。腹ばいになってまるでアシカショーみたいに会議机に乗り上げ、数メートルを滑走し、とりどりの色のボトルをピンに見立てボウリングよろしくなぎ倒している。ダラララララ、重みのあるボトルがおびただしく身体に激突する感覚、ストライクの手ごたえ。机のうえはきれいに空になり、わたしはそのまま前転するようにして地べたに落下する。仰向けになると、腹部が狂ったように上下した。ああ、やった！　わたしは思う。ついにやった！　スポーツドリンクのべたつきと、スイカの汁めいた薄い瓜科の匂い、ひたひたと遠のいていく靴の音、机の上から水分のしたたるチタタタという音、状況を飲み込めずにただおののく人びとの目、などが、アスファルトのうえに転がったわたしをあいまいに包囲している。ああやった、ついにやった、いつかやると思ってた！　わたしはそう思って、おおきなものをうしなった喪失感と、しかしあるべきところにようやく戻ったのだというようなへんな安心感とを渾然一体のものとして同時にあじわいながら、両手で顔を覆って、やはりニタニタと、笑いだしている。

　わたしはiPhoneの画面を毛布に伏せた。ちゃぶ台の上のコップにむかって小声で弁解する。ちがう、わざとなんかでなかった。わたしはたんに、純粋に失敗しただけだった。わたしはわたしのボトルを取ろうとしてただ手を伸ばして、けれどもわたしは昔から給水が下手で、何人かがいっせいにそこに向かって行ったから、身をよじろうとして、体勢を崩して、手汗もそれはそれはひどかったものだから、例によってボトルを掴んだはずの手が滑り、取り落とす、まずいと思った拍子に誰かのボトルにこの鈍臭い肘が当たって、わたしは反射的にそれを食い止めようとしたのだ、これが完全に余計な動作だった、でもよかれと思ってそうしたのだ、アッと見た次の瞬間にはボトルがドミノ倒しの要領で机のむこうへつぎつぎに倒れだしていた、半ばパニックを起していたわたしは思わず両腕を伸ばしてそれらのボトルをみんな抱きしめて引き止めたかった、ただそれだけだった。腹ばいで机に乗り上げたなんて事実はまるでなく、そのあと勝ち誇ったようにニヤニヤ笑っていたというのも半分事実の半分嘘で——それは沿道にいたというひとのツイートで読んだものだった、ひどく誇張されたものだった。あるいはＳＮＳに投稿された写真をみて、わたしが作りだした偽の記憶かもしれず、そうだった、わたしにはしだいに、ほんとうのことが分らなくなってきていた。あのときの自分の真意すらも、岸野への嫉妬から彼女の給水を妨害したのだとか、自分の代表入りを悲観したすえに自棄になった愚劣な行為だとか、そういわれ続けるとしだいにそうだったような気がしはじめ、もうなににも確信が持てなくなっていた。悪意をもってそうしたといわれればほんとうにそう思えてきたし、ああいうアクシデントはよくあるものだといわれれば、ありがたさと罪悪感とがないまぜになって、なぜか吐きそうになるのだった。

そうしてなにより、わたし自身が自分の破滅を望んでいたのだと、みずから進んでああしたのだと考えてみようとすると、頭が割れるように混乱した。思い返せばわたしはずっと前から数年おきにこうだった、A判定だったはずの受験に失敗したのも、高校駅伝でチームを大敗させたのも、ここぞという舞台でなにかをしでかし続けてきたのはすべてこの失敗欲、破滅欲のようなものに突き動かされての、ことだった。

　もしかして、わたしは聞きたかった？　まさか。あの声を？　あの声が今でもなによりこわいはずなのに、わざわざその声のしそうなほうを衝動的に選んでしまうことが、たしかにあるのだ。【いい子】と褒められるよりは、いくらか、ずいぶん、マシだから。でも、たったそんなことのためにわたしは勝つのをあきらめたのか？　頭が痛い。輪っか状のものに締め付けられているみたいに、痛い。

　そのとき十七時の夕焼けチャイムが鳴りだして、部屋のなかはすっかり昏くなっていた。呼応するように給湯器がのどかなメロディを奏ではじめ、チャイムのもの悲しい旋律といっしょくたになって、空間のひしゃげて歪んだような、ひどい不協和音をつくった。

『オ風呂ガ・ワキマシタ』。

　あいにく、すでに風呂に入るような気分ではなくなってしまっていた。

　窓の外にすこし目をやってから、どうしてこんなことになっちゃったんだろ、と素直に思い、ううん、こんなふうにいわれても仕方のないようなことを、たしかに自分はしでかしたんだと、あらためて思い直した。

ことの真偽は、このさい要件ではないのだろう。わたしはいつものように、毎度おなじみの、無限の反復のうちの一回を、今回はなんと中継カメラの前でやらかして、だからこれまでよりもずっと大きな未曽有の規模で、たくさんの人びとにきらわれた。しかしこれまでの反復のことをざっと思い返してみても、わたしはわりに、黙っているだけできらわれることが多かったように思う。わたしが後生大事に抱えているなけなしの自尊心は、なにかいちいち人びとの気に障るらしいのだった。

あーあ、ゆるしてほしいなあ。いいえどちらかというと、わすれてほしい。きれいさっぱり、わたしの名前と、顔ごとすべて。そういう思いが頭痛といっしょに脈打つようにやってきて、ついに安定剤に手が伸びる。

名前、わたしの名前。

この名前をきれいに守って、特別なものに育てあげることができないのなら、いっそもう。わたしはこのへんな名前をわたしの魂から取り外して、フカフカのなかに帰りたい――フカフカって？　なんだろう分らない、さっぱり分らない。でもとにかくわたしは、わたしのしでかしたあらゆる失敗と責任から逃れ、言葉を脱ぎ、名前を脱ぎ、身体を脱いで裸になって、得体の知れないフカフカのなかに、混ざりなおしてしまいたかった。わたしはフカフカ全体のうちのたんなるいち番地としてあいまいに存在し、あるいはすでに存在せず、フカフカ全体の共同の感覚としてぼんやりと世界をあじわったり、溶け合うようにねむったり、それだけをしていたいのだ。すでにボロボロになってしまったわたしの名前、きっともうそそぐことのできない汚名、このさき何度でも、わたしがどんなことを成し遂げたとしても、悪意をもった何者かによってふたたびそこに掘り返されてくる醜聞。世界にひとつしかないこの名前が、わたしにはすでに重たくなりすぎ、汚れすぎていた。その不可逆性が腹立たしく、いいえほんとうはこわくて、たまらず、いっそすべてを諦めたくなっている。でも、でもそれでいいのだと、むしろそれでこそなのだと、やっぱり心のどこかでは、思っていたい。人生なんてほんとうは、人びとの言うほどたいしたものじゃないんだと、大事に大事にいたわったり、守ったりしなければならないようなもんじゃないんだと、そう自分に言ってやりたい。タフに扱い、使い切り、傷だらけに汚して構わないものなのだと、ばかばかしい一生でいいのだと、ほんとうはだれかに――うつくしく生きているだれかに、そう言ってほしい。だれか言ってよ。頼むから。

　そのとき降って湧いたように、いつかツイッターで見た黄色いシロクマのことを思い出した。ツイートの主旨じたいは飼育環境がどうとかアニマルライツがどうとかいうものだったのだけれど、わたしはそんなことよりもシロクマの面持ちのほうに、なにかもっと深遠なものをかんじたのだった。

あの子はいまも、あの反復運動を続けているだろうか。あの子がああしてぐるぐると同じ位置を往復していることによって、この世界にははたしてどんな作用がもたらされてあるのだろう？　そんなもの、あるわけが――いいえ、あるんだきっと、なにか。あってくれなくては困る。あの子があの檻のなかに囚われていることによって、あの子の描くおびただしい線分によって、地球のどこかで災厄の食い止められているのでなくては、困る。わたしが困る。あの子はああして祈っているのだ、そうかどうりで！　あのシロクマは、祈禱師なのだ。

　考えが飛び石を踏むようにつぎつぎ飛躍して、数秒後にはわたしはベッドから立ち上がり、シロクマの運動を真似しだしていた。名前も知らないあの子の祈禱に、せっかくだから加勢したいと思ったのだ。狭い部屋のなかに規定のルートをつくり、ぐるぐるとまわりはじめる。台所の流しにひたと手を触れ、ベッドに一歩乗って、壁に右肩を押しつけ、下りて、ちゃぶ台、本棚、流し、本棚、ちゃぶ台、ベッド、壁、流し……それを四角四面に五分ほど続けていると、不思議に不安の落ち着いてくるのが分った。わたしにはそもそも運動習慣があるから、じっと座っているよりもこうして動いているほうが安心できるのかもしれなかった――というか、この動作はずばりわたしの領分でもあった。だって、これってまさに室内競歩、ミニチュア競歩、自主開催のソロレースではないのか。あの子を見たとき、なぜ気づかなかったのだろう？　わたしこそはこの反復運動のプロではないか！

　勝手知ったるこの部屋が、しだいに見知らぬ場所のように表情を変えはじめた。わたしの起した風の流れのようなものが、部屋のなかを対流しているのが感じられる。おもしろい、もうすこし続ける。

　あれ、どうもこれ気のせいじゃない、すべてが見違えてきちゃった。

　カーテンのひだが、射し込むヘッドライトの光が、扇風機の奇怪な形状が、いまはすべて新鮮に、わたしの心を打つ。なんだろう、いったい、これは。

　しかも見て、上っている！　この反復運動を続けながら、自分が少しずつ少しずつ高みに上りつめているのがわかった。ベッドやちゃぶ台やわたしの足下はよくよくみればわずかずつの傾斜をとって勾配し、上階に向かってらせん状にとぐろを巻いたスロープをいま知らず知らずのうちに上らされていたのだった。透過したわたしの部屋が本来のアパートの高さをゆうに超えて違法建築のように堆く階層している、積み重なり積み重なって、いま町を見渡す、いま市全域を見渡す、わたしはどんどんと宙に昇っていく。

Ｔシャツの背中と胸のところに、汗が滲みだしていた。ここまでやって、なるほどこれは祈禱であると同時に一種の瞑想なのだと、ひらめくように思った。反復の増すのにつれて気持ちは凪いでゆき、はたしてどこで打ち切ってよいか、そのタイミングがまるで分らなくなっているのだった。祈りが止らない。止める理由が見当たらない。この祈りを止めて自分の身体に戻るのが、こわい。自分の愚かな思考に戻るのが、低俗な諸問題を取り戻すのが、こわい。ああ祈りが、祈りが止められない。たすけて！　わたしはあのシロクマにいま、どう言っていいか分らないほど共感していた。一心不乱に同じ運動を続けながら、どうしてだかショボショボと涙が出た。

　気づくとわたしは天空に浮かんだベッドに沈み込んで、回転性のめまいのつくる渦巻きのその中心に落ち込んでいくようにして、いつしか昏倒していたらしい。安定剤がようやく仕事をしたのだった。ところが興奮しきった神経は鎮静作用に抗うように発火をつづけ、鮮明な夢をわたしに見せた。

　わたしはやわらかな地面のうえに立ち——それはたとえばウレタン製のマットレスのようなまるみを帯びていて、踏みごたえがなく、無害さにあふれている——誰かと、とっくみあっている。わたしとその何者かとはだいたい同じくらいの大きさをしていて、力の加減も拮抗しており、相手の一挙手一投足がそれはもう、たのしくて、互いの思いつきのそのいちいちがおかしくてたまらず、わたしたちはすこし走ってはケトケト笑い、すこし押し合って倒れては、またコロコロと笑い転げている。こんなに笑ったことがいまだかつてあったろうかと思うほど、失禁しそうなくらいに、わたしは思うさま、全身で笑っている――これらのことをいっぺんに、ほとんど水のなかで見聞きするようなぼんやりとした印象として〈感覚した〉。つまりこれらは、言語的な記憶ではないのだった。わたしたちはいま同じ袋のなかにいる。なにかとても快い、シャリシャリとした心地のする袋のなかで、だれかといっしょくたに、存在や意識ごとスクランブルに、ないまぜになっていくような心地。

　わたしたちのあいだでは、しだいに遊びのルールが増え、複雑化してゆく。わたしたちは【言葉】を使わないけれども、互いに提案を取り交わし、笑いながら試す。採用したり却下したりしながら、わたしたちのあそびは最高だと称賛し合う。おなかがよじれるほど笑ったあと、わたしたちはたがいの手足をもつれ合わせながら空間の隅をめざして走ろうとするのだけれど、そこでわたしはなにかにつんのめる、転倒してしまう。腹をしたたか打った拍子に、肺の中の空気がエッと吐き出される。

　急に世界がくっきりと輪郭を帯びる。袋が破れたのだ。痛み、衝撃、鼻腔にふくらんだかなしい匂いで身体が泣く準備をはじめたのが分って、おねえちゃん！　とわたしはそのだれかにむかって叫ぶ。おええたん！　わたしの声は期待されたものよりも細く、鋭く、不安定で、そうして鼻腔のうねりといっしょになって運動しようとする未発達なままのこの舌が、嗅ぐのかしゃべるのかしゃぶるのかなめとるのか何がしたいのか、いやそれらをすべて同時に、さらに苦いのと甘いのとすっぱいのもまったく同時に渾然一体のものとしてあじわいながら、なにひとつ判然としないままにただ前方に向かってのたうって振動する、このおねえちゃんという言葉はまだ言葉ではない、これはほとんど鳴き声、だった。それでもこの叫びを聞き止めたおねえちゃんの影は振り向き、すかさずこちらへ駆け戻ってきて、地面からすくいあげるようにしてわたしを抱きしめる。おねえちゃんは**どういたしまして、**という意味のことをうなる。わたしはおねえちゃんの身体を強く抱きしめ返し、**ありがとう**と頬ずりする。やわらかい毛がわたしの頬を撫でると、転倒によって傷ついたこの心は急速に満ち足りる。ちょうどたがいちがいに喉と喉とを重ねたままの姿勢でおねえちゃんはくるくると鳴いて、その低い音階でつぎのようなことを伝えてくる。この場所には、たくさんの【痛い】がある。【痛い】があなたを待つ、このさきも。こわいことはかならず、起るのに、バナナはたくさんはない、まれにしかない。どうしてこのような場所にきてしまったか、分らない。分らない。だから、あなたは泣く。理解する。理解する。……——涙がいやな味をさせながら、喉をとおって胃のなかへ落ちていく。ひとつになってこうして抱きしめ合っていると、ああ、フカフカのまとまりのなかに、わたしという混乱が溶け込んでいくのが分る。わたしたちはいままったく同じ塩味を喉のはじまりの位置に感じている、わたしたちの味覚はどうやら遠くのほうでつながっている。過不足なく適切に理解されること、それはいまわたしにとり、バナナ以上のあまいよろこびだった。わたしがわたしとしてこの危険な世界に切り離されてあることのくるしみが不安が、みるみる解け崩れていくのが分る。ああ、これはわたしの受けた、生れてはじめての愛情。わたしが触れた、はじめての【世界】だ。

　わたしはいま、口のきけない赤ん坊だった。わたしの頭のなかではあらゆる神経回路がこんがらがって、あべこべに接続されていて、だからすべての知覚がひとつながりに統合されて、意識はつねに混線していた。ふいに聞えた音が味覚をくすぐり、光は嗅覚に直結した。世界は混沌としていて、わたしはどこをつつかれても波状に動揺して飛び跳ねる、ひとかたまりのみずの袋だった。袋はおおいに困惑していた、感情や欲求にもまだ明白な区分けというものがなく、怒りながら同時によろこんだり、こわがりながらねむたがったり、すべてが分かちがたく混ざり合って、グラデーションでできていた。おねえちゃんはそういう混乱のさなかにあるこの袋、つまりわたしのことを、なんの疑問もなく抱きしめてくれた、寄り添っていてくれた。

扉のひらく音がして、部屋のなかに誰かが入ってくる。つよく抱きしめ合っていたおかげで、おねえちゃんの身体の芯がぴくんと震うのが分った。おねえちゃんでも、わたしでもない第三の誰か。その強烈な異物感。わたしは不快に感じている、それは酸味であり苦み、ほとんど痛みでさえある。

ひたひたと近づいてくるそれは、わたしが生れて初めて生地の中から切り出したかたまりで、つまり【母】だった。わたしはついこのあいだまであの身体に取り込まれていて、それなのにすでにわたしたちは完全に切り離され、わたしはそのわたしとはあまりにもちがった存在に驚愕している。白衣姿の母は左の前腕に灰色の薄い板のようなものを載せていて、いやに無表情で【わるい子《バッドボーイ》】！【わるい子《バッボーイ》】！【わるい子《バッボーイ》】！猛然とそのキーを連打しながら、近づいてくる。わたしとおねえちゃんは抱きしめ合ったまま、空間の隅に追いやられてちいさくなる。

そのときふいに、おねえちゃんがわたしに、見て、と合図した。おねえちゃんはわたしの身体に回していた両手をほどき、ふたりのお乳のあいだで黒い花のかたちに結び直すと、それをいたずらっぽい表情で、彼女の頭上に、戴いた。

【わるい子《バッボーイ》】！【わるい子《バッボーイ》】！【なんッて、わるい子《バ──ッボ──イ》】！

わたしは完成したばかりの両目をみひらいた。

それはおまじないだった。わたしにはなぜかおねえちゃんの言いたいことが手に取るようによく分って、わたしはまだそれを笑顔と知らないが、口角のふるえだすような気持ちがおなかいっぱいにあふれる、その手ぶりがわたしを鼓舞する、わたしの痛みを帳消しにしてしまう。見よう見まねでおそるおそる、王冠をこの頭に戴いたとき、ヒトからの叱責はすでに、耳にも心にも、まるで届かなくなっている。

【こんなわるい子《バッバッバッバッバーッ》、見たことない《ボーイ》】！

○

地上四階のベッドに目覚めてからずいぶん経っても、わたしはその夢に心をとらわれたままだった。

わたしがずっと焦がれてきた愛情、ほんとうの友情のようなものの、その根源はおねえちゃんだった。おねえちゃんはあるときわたしのそばから忽然といなくなってしまって、だからわたしは唯一の愛着を、唯一の帰属意識を、自分でも気づかないうちに取り上げられていたのだった。元いた場所に、フカフカしたところに、帰りたい。無意識下でつねにそう思い続けなければならなかった、つねにさみしかった。それもそのはず、あれ以来わたしは、わたしの本来の群れと、はぐれたままなのだ。なんてひどい話だろう。しふみちゃんってどうしてふつうにできないの。しふみちゃんへん、もっとこうしなよー、とことあるごとに、わたしを檻のように取り囲み、批難してきたヒト科ヒト属ヒトの子どもたち。わたしはほとんどつねに、だいたいのとき不服だった。猿の群れにいたときは、もっとずっと楽しかったのに。かれらはこんな干渉のしかたは冗談でもしてこなかった、なにかを咎めるにしても、こんな馬鹿げたやり方では、けっして介入してなどこなかった。人間界のルールはわたしにはいつも不可解で、理不尽で、あまりにも難解だった。

　わたしの本来の群れについて——あのプレイルームのことについて思い出そうとすると、わたしのなかにはなにかがこみ上げてくる。なにか。それは言葉を持たない赤ん坊のうちに芽生えた感覚だから、液状で、かたちをもたず、言語的なものではない、音声でも映像でさえない、味や匂いにちかい、記憶未満のものだった。無理に翻訳しようと試みると、〈わたしには、みどころがある〉。そんなかんじだ。

　わたしは、おねえちゃんに教わったあのおまじないを忘れてしまった。ついさっきまで忘れたことさえ忘れていたくせに、気づいたいま、取り乱しつつある。ねむっているあいだに内臓をひとつ抜かれていたのを急に知らされたみたいな、そういうおそろしさだった。これさえ覚えておけば大丈夫、どんなときもこれさえ忘れなければ、このばかげた世界でもわたしたち、きっと生き延びられる。あれはそういう最強のおまじないだったのに。この世界の【痛い】に打ちのめされたときに、すかさずわたしを抱き上げてくれるあのやわらかい生きものが、おまじないが、ずっとずっと、わたしのそばには欠けていた。

母をはじめとする白衣の人間は、わたしたちに特殊な言語教育を施した。わたしたちがキーボードを介してでなく身体を使ってコミュニケーションをとろうとするたびに、すかさず【わるい子】として叱ったが、わたしたちはけっしてそれをやめなかった。むしろあの王冠のジェスチャーは、折檻されている最中にこそもっとも凶悪に、その効力を発揮するのだったから。通じ合えている、わかり合えていると思うとき、わたしに強くこの感覚を――わたしは特別な存在なのだというこの心地を、いちいち感じさせた。

そのジェスチャーはさまざまの文脈で使われるうちにしだいに意味としての強度を上げてゆき、わたしたちのあいだに、局所的な言葉が、たった一語きりの手話が生れたのだった。わたしはぎゅっと目をつむって、あの心地を逐語訳しようと試みる。言語の前駆体としてのそれら、言語未満のそれら。

わたしたちは希少／わたしたちは例外／ゆえに・だから・その理由から／安心して／眠

られない。

それでも／ほら泣いてはだめ／ひどい不安の嵐のなかでこそ／いっそう気高く／ありつづけるの。

いい子のかんむりは／ヒトにもらうものでなく／そう自分で／自分に／さずけるもの。

それでこそあなた／それでこそ、わたしたち。

さあわたしを見て、かんむりを頭に戴きながら、頭を垂れることは、できない――


気づくとわたしは泣いていた。

人生のさまざまな局面できゅうに浮かんでくるこの奇妙な感覚を取り去ることができず、ここ数年は苦しかった。いやちがう、ずっと、ずっとこんなふうだった。物心がついてからずっと、わたしはこの考えのために苦しんできた。

わたしは自分のことがたまにものすごく疑わしいし、どれだけ弱くて、どれだけ汚いことを思ったりやったりしてきたか、――今回のことでもそうだった、インターネットのなかで騒動のはじまったとき、わたしが事態に収拾をつけようとしてどんな愚かなごまかしを企てたか、どんなみっともない慌て方を、逃げ方をしたか、わたしはわたしの本質をウンザリするほど目撃してしまった――つまり〈どのような星巡りの下に生れた存在か〉、もう自分でもじゅうぶんに知っているつもりなんだけれど、それでも絶対になにかみどころのあるやつだということの一点についてだけは未だに、どうしても、底のところで諦めがつかなくて、その考えのせいできっと、いまのこの境涯に納得感を持つことができずにいる。これでいいんだ、こんなものだ、と思うことが、どうしてもできない。それが苦しい。なぜそんなふうに思うのか、その根拠になるものはなにか、そこが自分にも分らない。なにかがきっとできる〈気がする〉、やるべきことがあるのだという〈気がする〉、わたしはこんなものではない、〈気がする〉。なにしろわたしには、みどころがあるから。でもそのみどころって、具体的におしえてよ、いったいなんだっていうの？

　考え込んだまま昼になり、夜になった。わたしは得体の知れない喪失感で胸がいっぱいで、寝床からほとんど動くことができなかった。缶チューハイを飲みながらぼうっとチャンネルを回していると、ふいにテレビのなかに自分が映ったような気がして、下から突き上げられたように数ミリ、跳ねた。炎上がいつのまにかすっかり事件化してニュースで報道されているのだと、半ば本気で思った。バクバクのたうつ心臓を押さえながら通り過ぎたそのチャンネルに引き返してみれば、それはわたしではなくてボノボだった。

　動物番組なのだった。見覚えのない若いインフルエンサーだか芸能人だかが、ワイプにかわるがわるに映し出されていた。

わたしはその黒い、わたしにとてもよく似た後ろ姿を見て、やっぱりわたしだ、……いやちがうあれは、あれはおねえちゃんだ、と思う。土のうえにあいまいに投げかけられたその昏いまなざしで、ああ彼女もわたしと同じく、あれからなににもただしく帰属できずにここまでを生きてきたのだと、わたしたちはやっぱり同じ袋のなかにいたものどうしだと、そのことがひと目で分った。自分の筆跡を自分のそれと分るように、その黒い猿はどうしようもなく、もうひとりのわたしだったのだ。

それで、つぎの瞬間には口をついて出ていた、「たすかった」！

人生における不具合がすべて、彼女という〈欠け〉によって起っていたのだとすれば、彼女さえ見つけてしまえばやはりすべてが補塡されるという明快な理屈で、そこにはなんら疑問の余地もなかった。顔を合せるまでもなく結論は出ていて、わたしは絶対に、彼女と生きるべきだった。危険視され矯正されしてまで、人間社会にしがみつく必要はもうなかった。いいからもう帰ってきなさいと故郷にいわれたみたいな、一種のあまい悔しさと、ありがたさを同時に感じてる。ああ！　あのフカフカのなかに手を引いて連れ戻してくれるのは、彼女のほかにはあり得ない。さあ教えて、わたしはどこまで、行けばいい？

おねえちゃんはアスレチックのうえで唇をつきだし、不安げな表情を浮かべてそこに座っている。彼女が強いストレスを感じているのが分った。

いま背後にはかわいらしいＢＧＭが流れていて、典型的なアニメ声の女性声優がシネノの映像にアテレコをしている。

――ねえねえ、しいくいんさあん。あそんでよお。ねえねえ～、あそんでったらあ～。

（おやあ？　さみしがりやのシネノちゃん。飼育員さんに抱っこしてほしいようですよ。）

――もお～、それじゃ、こうしちゃうもんねっ。

わたしは一瞬のうちに耳まで赤面していて、限界を感じその場を立ち上がった。冷蔵庫を開けて、閉めて、また開けた。なにがこんなに死にそうに恥ずかしいのだか、うまく感情を腑分けしてみることができないのだけど、とにかくすべてがいたたまれなくて、どういう顔でいたらいいのか、なんと感想を言ってよいのかすら、分からなかった。

遊んで欲しいのではない。出て行けと言っているのだ、あれは。

わたしもまた赤ん坊のころ、飼い犬や人形にするようにして、両親からつねにアフレコされていた。だから分る。彼女が昏い目をしている理由が、手に取るように分る。瀬尾しふみ（ＣＶ：母）はやけに口をすぼめてしゃべり、きわめて高音域でオムツ替えを要求した。父は父でまるきりニャンちゅうのような声で、そうではなくてあたちハラヘリなのようとやり返す。わたしはそのとき終始、自分の顔のうえを動き回る不愉快なベッドメリーを取っ払ってくれと訴えていたのにだった。誤解に次ぐ誤解がわたし不在のままに展開していく、あのかんじ。あのかんじだ。

　そのまま冷蔵庫にミーミーと文句をいわれているうち、いま自分の顔を火照らせているこれが恥ずかしさのすがたをとったもともとは怒りだと分って、そうか、わたしは怒っている。それは明確な、一個の人格にたいする侮辱だと感じたからだった。

　液晶画面になめくじの這ったあとのような軌跡を描きながら、さきほどの動植物園の名前を検索した。それは隣市にあって、ここから電車で一時間ほどだった。なんならコンゴにだって飛ぶつもりでいたのだから、この距離には拍子抜けした。

　たしかにおねえちゃんであってほしいという気持ちと、見まちがいであってほしいという気持ちがふたつ、同時にあった。もしもおねえちゃんその人であったなら、彼女には立派な思考があり、感情がある、人格がある。まさか動物園の展示なんかにされていていいはずがないのだ。それは想像するだにおぞましいことだ。

　けれどもそのすぐあとに、なにもかもが必然だったのかもしれない、とひらめくように思った。必然だったのだ、明日のために、今度の炎上騒ぎがあったのだ。あのしでかしがなければ彼女のことを見つけることもなかったというのなら、もうなにも悔いる必要はないのだと騒動以来はじめて、わたしは心底納得して、ほっと、安心のようなものをさえかすかに感じることができた。そうか。これでよかったんだ。なくしたのではなかったむしろわたしは取り戻したのだ、すべては起るべくして、起ったんだ。そう思うと、どうしてだかあくびが、あくびがいつまでも止らなくなった。涙がぼろぼろ、ぼろぼろ出る。

◎

小窓のむこうで老チンパンジーが、人間とよく似た歯茎をむき出して笑っている。その笑顔のまま、簡単なことだよ、観ていてごらん、と私に向かって鳴く。

いままさにドアを開けて入ってこようとしているのは研究員の男だった。

研究員の男はおそろしく長身で、私の部屋の小窓からはその表情は見てとれなかった。男が呆れたように、チンパンジーの名前を呼んだ。【わるい子】【わるい子】【わるい子】を連打したあと、ハグを促すようにしてわずかに腰をかがめ、両手をひろげた。

チンパンジーはぎりぎりまで私のほうにその笑顔を向けたまま、かるがると宙に飛び上がった。椅子から、研究員の胸のなかへ。ある枝からつぎの枝へ、飛び移るような気軽さで。

チンパンジーが男の上半身に抱きついてしまうと、私には男の下半身と、チンパンジーのお尻だけが見えた。キーボードががしゃんといやな音を立てて床に落下した。私は首を傾げたままこの小窓を覗き込んでいて、すぐに男の白衣に鮮血がしたたるのを目撃する。一拍遅れて、語尾の疑問形に持ち上がった、控えめな悲鳴を聞く。

私は肩を上げて大きく吸気し、この両目をゆっくりとまたたく。チンパンジーのやったことを理解したとたん、私のくちのなかに、動物の皮膚のひきちぎれるときのどうしようもない感触と、血の味がひろがっていく。

2

どうしてこうなる？　またしても、またしても絶体絶命だ。

老人がこちらへ向かって構えているその黒く細長いものがかの【猟銃】だと脊髄にすばやく教えられ、シネノは反射的に踵を返し、路地を飛ぶように引き返した。殺される、そう思いながらシネノは逃げた。死に物狂いで逃げた。

老人たちの吠え立てる声を背中に聞きながらそのつぎの角を曲がり、曲がって、また曲がり、それでも収拾がつかないので目に付いた塀をむやみによじ登った。焼けるように熱い瓦屋根を一軒、二軒と伝って、湿った通りに飛び下りる。やがて突き当たった巨大な建物の周縁をまわるうち、割れた窓を見つけた。

ふっと周囲がスローモーションになり、もったりとした視界のなかでシネノは選択を迫られる。

窓のなかに入る？　入らない？

目をぎゅっとつむって、すばやく思考をめぐらせる。第一に、この構造物がなんであるかが分らない。第二に、建物を包囲されるのは避けたい、もうすこしだけ頑張って走って、連中を撒くことにしよう。

そう決めたとたん世界はもとどおりの速度で回転をはじめるのだったがつぎの拍子にスタァン、まぢかで銃声が鳴り渡る。しまった、と思うその瞬間、シネノはシネノ自身が撃たれたのだと感じたが、ところがいつまで経っても痛みがやってこなくって、振り返るとそれは数メートル後方でシヅヱが、シヅヱが猟友会のジジイに撃たれたその音なのだった。シヅヱはヨタヨタと二歩、体軸をぶらしながらもなお前進しようとして、ついにその位置にポトリと沈み込んだ。夕方から市街地を走り続けて、シヅヱの動きはずいぶん鈍ってきていた、それを知っていたのに！　ああくそ、迂闊だった、またしても、またしてもまたしても、わたしのミスだった。

シネノが頭を抱えて、軒先の鉢植えの隣でうなだれている。スン、というため息の音がここまで聞えて、わたしはにわかにうろたえる。シネノが苛立っている。役立たずはじきに見放されてしまうだろう。わたしはカメラのこちら側を出ると、うつぶせに倒れているシヅエのところへ走っていって、彼女の身体を揺り起こす。シヅエ、シヅエ起きて。シヅエの身体はゆさぶられるがままにおおいに揺れて、まるきり衝突実験のダミー人形のような動きをみせた。死んだふりを続けるうちに、ほんとうに眠りかけてしまっているらしかった。ごめんねシヅエ、こんなのつまんないよね、今度こそ間違えないから、ほんとうに、あとすこしだけだから、もうちょっとだけ付き合ってちょうだい、ね、ねっ。大声で呼びかけるとシヅエの首はようやく据わったが、その目には紗が掛かっている。

さあみんな、落ち着いて！　わたしは叫び、パンパンと手を打ち鳴らした。なにより、わたしが落ち着くの！　いい？　とにかく全員、いったん落ち着いてちょうだい頼むから！　やり直すよもう一度、さっきの路地のシーンから！　猟友会の老人たちを睨み付け、待機位置に戻るよう顎でうながすと、ウウとかアアとか気だるげな声をあげながら撤収していく。わたしもふたたびカメラの足下に隠れなおすと、思わず祈りのポーズをつくり、深呼吸した。絶対に彼女たちを逃がすのだ。森へ、フカフカの中へ、安全に誘導するのだ。もっと集中しろ。もっと深く入り込め、もっと深く、想像しろ。わたしは今までいったいなにをやってきたんだ。いまこそシネノに、なりきれよ。

シネノが脱走したというニュースをはじめにきいたのは、駅前の中華料理屋でだった。

西から大きな台風が近づいているのを理由にして、かれこれ一週間ほど、動物園通いを止していた。ほんとうをいうとテレビ取材の一件以来、シネノと顔を合せるのがこわかったのだ。

十六時近く、建て付けの悪い引き戸をジャリジャリひらくと、客はカウンターに常連風のオジサンがひとりきりだった。

カウンターが六席にテーブル席三卓の、こぢんまりとした店だった。壁一面には手書きのメニュー短冊が地層のように堆く重なっており、店内の床は長年の油でテラテラと黒光りしている。角の小型テレビからは、その真横の扇風機によって微塵に攪拌されたアナウンサーの声が途切れてへんに古ぼけながら聞えていた。

一部で孤立する集落も出ています、というのでなんとなく目を上げると、土砂崩れを起した山間部が映っていた。そのＶＴＲ明け、アナウンサーが手許の原稿とカメラをこまかく見交わしながら、重苦しい声でつぎのように言ったのだ。

——今日未明、市内の動植物園から、飼育されていたメスのボノボ二頭が逃げ出しました。最後に二頭の姿が目撃されたのは○×動植物園から三百メートル北にある道の駅で、防犯カメラの映像に……

わたしのお尻は数ミリ、ドーナツ型の丸椅子から離れて浮かんでいた。

ここで折悪しくわたしのラーメンと半チャーハンとが完成し、けたたましい音を立ててテーブルの上にはこばれた。湯気が視界をモウとさえぎった。

――ボノボはピグミー・チンパンジーともよばれ、体長はおよそ八十センチほど……通報を受けた警察と猟友会は二頭の行方を追っていますが、……

――関係者によりますと、台風による溢水を防ぐため、普段施錠されている獣舎の通用路のひとつが開放されていたとのことで、……

――子どもたちいつもこのあたりで遊ばせているので、はいー、通学路もあるし、すごくこわいなと思って。ね、おさるさん、はやく捕まってほしいよねえ……

――おさるさーん、かあいいー！

見覚えのある場所ばかりがパッ、パッと短く映し出され、それからライフルをもった爺さんの集団と、警察官数名が山中を歩き回っているロングショットに変った。全員がヤッケを着込んで藪の中を行軍しており、表情を見てとることができない。銃身ばかりに、目がいった。

——市は、ボノボを見つけた場合はけっして近づかず、一定の距離をとったまま、すみやかにヒナンするよう、呼びかけています。

批難する？

話題はたちまち、地元の園児らが老人ホームを訪問しましたという、夢のように平和なニュースに移ってしまった。園児らは歌などを披露しました、という微笑み混じりのナレーション、子どもたちは口をあんぐりひらいて見当違いの方向を眺めていて、車椅子のうえでそれを聴く老人たちもまた、虚ろな目でまばらに手拍子している。

わたしも虚ろに目を泳がしながらここでうろたえている、あんなかわいくてけなげな生きものに、まさか。批難する？　シネノを？　それも聞き間違いでなければ、一定の距離からっていわなかった？

たったいま自分が容疑者として指名手配されているのを知ったように、気持ちが動転していた。鉄鍋を振るう店主のほうを見てオロオロ、口を開いたり閉じたりしていたが、いっこうに気づいてもらえない。ひとまず箸を抜き取り、椅子に尻をつけ、器に向かってそっと手を合せることにした。ゆびさきどうしは微かに震えて、たがいちがいにわなわなと押しあった。まさしく祈るような気持ちで、スープのうえをすべる脂の玉を見つめる。

あれは、シネノだ。シネノと、シヅヱだ。見間違いなんかじゃない――そう強い確信をもって思ってすぐに、いや見間違うもなにも、そもそもあの動物園にメスのボノボといえばあの二匹しかいないじゃないか、ということに気がついて、なにを偉そうに、なにを関係者然としてわたしは、と急激に自分の全存在が恥ずかしくなり、同時にあの日のシネノの獰猛さが思い出されて――**ジタン！**――そうだった。わたしはシネノに、拒絶されたのだった。

　よわよわしく麺をすすり上げると、瞬間、野太い【いい子だ《グッボーイ》】が聞えた。男の声色と発音はきわめて紳士的でなめらかだが、底の部分にはあくまで支配的な態度が透けて見えていた。これが聞えるたび、わたしは全身の気力を根こそぎ奪われてしまう。自分で選択すること、結果を引き受けること、そのすべてがやけにおそろしくなり、わたしはちいさくて無力な存在なのだと思い知らされる。指示がほしい。絶対的な誰かからの、強烈にただしい、けっして間違うことのない指示が。これから何をどうしていいか、わたしには見当もつかなかった。誰でもかまわないからそのへんの誰かを捕まえて、一から事情を、わたしと彼女のこれまでの事情を、洗いざらい聴いてほしいと思った。たとえばニュースに向かってもっとはっきりした悲鳴できゃあと取り乱してみせたなら、きっとだれかが駆け寄ってきてくれたにちがいない、「お嬢さんどうされたんです、オジサンでよければ話してください」、それが、あのボノボわたしの幼なじみなんですいえ家族なんです、店主とオジサンとに背中をさすられ水を飲まされて、どうしたらいいんだろうシネノしかいないのに、わたしの生きがいはもう、ほんとうにあの子だけなのに、絞り出すようにそう告白すると、なにか古い記憶を思い出したらしい女将さんがわたしの手を握りいっしょに涙を流してくれる、そんな未来だって、あったろう。そうできたらどんなによかったか。昔からこうだった。感情表出というのはそれが単純であればあるほど話が早いので、その場でさっさと泣き出してしまえたほうが、人生の展開だってずっと速くなる。わたしは自分自身にさえその読解に時間を要するようなひどく屈折したかたちでしか、考えや思いを表明することができない。自分の陥っている状況を誰かに適切に打ち明けることが、できない。そのうえ、どうにかしようと、よかれと思ってやったことで、事態をわけが分らないくらいに悪化させるのがつねだった。そうだいつもこうだ。いつもこうなんだわたしは。

これはわたしのおなじみの不幸。無限の反復のうちの一回がまたいま、はじまったんだ。黙ってラーメンをすすりながらめずらしくはっきりと、鼻の奥に孤独のようなものを感じた。

いらいわたしは一歩も外に出ることなく、何百回もシミュレーションを続けている、朝起きた瞬間から気絶するように眠るそのときまで、なかば強迫的に、たえずこれを空想しつづけている。

わたしにはこうするほかに、この劇に参加するすべがないのもじじつだった。なによりもまず、シネノになりきってみる必要があった。全面的な自由を得たとして、彼女はどこへ行って、なにをやりたがるだろうか？　生れてはじめての世界で、目を惹かれるものはなに？　子どもだましの、自己満足のそれではなく、——かわいいだけのシネノではなく、——わたしはいまこそシネノそのものになって、この世界を歩きなおさなくてはならない。それができるはずだった、わたしには。わたしがわたしに都合のいい〈解釈〉さえ捨てられたなら、かならず彼女の思考に並走することができる。その確信があった。だって、想像のいっさい含まれていない現実を生きている人間なんて、いるはずがないんだから。

まったく、高跳びでいう助走前のルーチンを、えんえんと続けているような気分だ。わたしはずっと助走すら開始せず、白線のうえであの振り子の運動を何日も何日もやっている、かかとつまさきのあいだで重心を、前後にゆら、ゆら、ゆらと。わたしは一度も跳んでない、たったの一度も、踏み切ってすらいないのだ。ただ、ここの呼吸とイメージの合わないうちに走り出してもいずれろくなことにならないことを、――わたしだって仮にもアスリートの端くれだ、すでに実感として知っている。だからどんなに気が急いても、どうにか耐えられた。いま捜索に出たところで、やみくもに市内を駆けずり回って終りになるのは目に見えていたから。

　そのときシネノとシヅヱが例の路地をふたたび走り出し、カメラの外からは猟友会のパラパラという足音も聞えはじめる。老人らがモアー、マー、ヤハー、と夏休みの子どもたちのような声をあげながら二匹を追い立て、たちまちくだんの建物にさしかかった。一か八か、今度はその割れ窓のうちがわへ飛び込むことに決める。わたしもカメラといっしょくたになって、そこへ転がり込んだ。

　セロファンのうらおもてにひるがえるような肺の音が二匹ぶん、絨毯や剝がれおちた壁紙に抱き込まれてちいさく鳴った。建物の内部はほの暗く、打ちつけられた板のあいだからかすかに入り込む光の束のなかを、埃がチラチラ舞っていた。

　ひとしきり腕の毛を舐め、荒れた息がいくらか整うと、二匹は長い廊下をゆっくりと進んでいった。床にはぶ厚い臙脂色の絨毯が敷かれてあって、そのふくふくとしたやわらかさは降り積もった埃の層とすでに分かちがたく結びつき、アスファルトの上を駆けずり回って傷んだ彼女たちの手足を一歩ずつ、いたわるようにやさしく受け止めた。

　廊下を端までゆくと階段があり、促されるままに上っても、下のフロアとまるで同じかたちの廊下と、やはり同じかたちの鈴なりの部屋とが続くばかりだった。金属コイルの露出したベッドをいくつも、いくつも彼女たちは見物することになった。くたびれたシヅヱがそのうえへ寝転んでしまいそうになるのを、シネノはその都度、手を引いてやめさせねばならなかった。割れたバスタブや便器が横転しているのも山ほど見たし、そちこちの壁に黄色いスプレーが下品に吹きかけてあるのや、ビニル張りの椅子が堆く積まれてあるのや、そんなものをすでに飽きるほど見た。ある部屋には甘い薬品の匂いや煙草の吸い殻が多く残っていて、二匹は同時にカッと歯をむきだし鼻に皺を寄せた。ここはずいぶん前に打ち棄てられた、人間用の豪華な獣舎らしかった。

　そうする間にもときおり遠くからサイレンの音が近づいてきて、ある地点で合流し、激しく鳴き交わし、殖え、また殖えして、窓の下で停まる、バウン、バウンと車輌の重たい扉が開け閉めされ、男たちのなにかさかんと言い合う声が聞える。長くここにはいられない。けれども、彼女たちの——ことにシヅヱの体力にはとっくに限界が来ている。こんなに長い距離を走ったことも、飛んだことも、また思考したこともない彼女たちの身体は、首のところのちぎれかけたぬいぐるみのようにくったりと疲れ切っていた。

　そのうちに、大きくひらけた空間に行き着いた。真正面にはステージが設けてあって、臙脂色の緞帳が下りている。白い布のかけられた丸テーブルが等間隔に列んで、辛抱強くなにかを待っているようだった。窓のない代りに、ここにはさきほどまでとはちがった静けさがあった。彼女たちは感覚的に、ここが安全地帯であることを理解した。シネノはシヅヱに休息を許可し、それから自分は哨戒に出かけてくると喉を鳴らして伝えた。シヅヱはこっくりうなずくように下を向くと、そのまま痰の絡んだ咳をコンとして、ちいさくちいさく丸まった。

　シネノはさらに上階の廊下を探索することにした。一歩、一歩、喧騒と光が背後に遠のき、代りにねっとりと冷えた静寂が迫ってくる。

　板のあいだから表を覗くと、表に停まっている車輛の台数は、きいていたサイレンの音量よりもずっと少なかった。不安が知覚を歪めたのだと分った。

　フカフカとした長い廊下を歩きながら、シネノはときに速度をつけて駆け、ときに斜め前方に跳躍して、この身体の本来の、ただしい使い方をひとつひとつ知るような、そんなたのしみをあじわいはじめた。こうも長い直線の道を、首輪もなしに歩いたことなどなかったのだから、それはもう、たんにこうして見物しているだけでも、じゅうぶんな高揚感を得られるに決まっているのだった。端がない、行き止まりがない、しがらみがない、触れられないものがないというただ、このこと。このことだけであまりに、すばらしかった。

　そうして何度目かのおおきな跳躍をしたときに意識のうえに飛び出してきたとても古い記憶は――【女王《QUEEN》】という単語、あるいはそれを読み上げる、うやうやしい声の記憶！　それだった。想起するというこの感覚に驚いて、シネノは大声でなにごとをか叫んだ、雄叫びをあげた。シネノにはその昔、【女王】のポートレイトを手渡され、それをすぐさま頭のなかで【女王】という音韻にむすびつけ、さらにこの【女王】を意味する記号のキーを押すことで、あまいヨーグルトレーズンをひと粒、口に入れて貰えた時期があった。キーを押せば頭のなかの音韻イメージと寸分たがわずに鳴った、【女王】というあの、低くなめらかな男の声。はっきりと思い出せる。そのほかの単語、たとえば【物干し竿】というときとの差は歴然としていて、男の声はいたくしあわせそうにとろけていたのだった、『クゥウィーンッヌ！』。写真のなかで女王は頭ひとつぶんもある大きな王冠を戴き、片手には宝玉、片手にはステッキを握って、斜め前方に向かってすごむように目玉をかっぴらいていた、口の中いっぱいにぎっしりと詰まった歯を、むき出していた。しかしなぜいまそれを思い出したのかと考えてみると、ああそうか、そうだ、この絨毯の臙脂色が女王のローブの色味と、とてもよく似ていたからだった。

【女王】のカードは数ある単語のうちのひとつだった――たとえば【みずうみ】や【星】や【ケーキ】や【ガソリン】、【子犬】、【醤油差し】のうちの一枚でしかなかった。幼いシネノはしかし、【女王】のカードにばかり執着した。貰うことのできるヨーグルトレーズンはまるで同じあまさだったのに、なぜだかそれがほかのカードよりもいっとう価値あるものだと信じてやまないのだった。

　なぜ、だったっけ？

　そこでわたしは思わずカメラのうちがわへ向かって、台本をメガホン代りにして叫んだ。なぜならそのカードこそ！　そうしてそこから派生した手話こそが、わたしたちがなぐさめ合うときの、合図！　だったから！　【女王】！　それがわたしたちのおまじない！　だったから！

　わたしはたまらずそちらがわに入っていって、シネノといっしょになってよろこんだ。こんな昔のことを思い出せたのはほんとうに奇跡的で、きっとわたしたちがいま、精神的によほど追い込まれているせいでもあった。わたしたちにはいまこそこの、生き延びるためのおまじないが必要だったのだ。

【女王】！　【女王】？　【女王】！

　わたしたちはそうやって繰り返し、繰り返し、順に王冠を頭に戴いて見せあいながら、たがいちがいにスキップするようにして、長い廊下を跳ねまわった。笑いまじりの呼吸がハカハカと漏れて、埃もわたしたちのリズムに合せて、はしゃぐように大気を舞った。

　わたしたちに向かっていま、さかんと石や唾や汚物を投げつけてくる猿山の猿たちが、いたとする。かれら、怒っていて、わたしたち、怒られている。上半身だけにスーツを着て寄り添うように列ぶわたしたち、首をすくめていちおう神妙な顔をしてはいるのだけれど、しかしよく見ればチロチロ横目で合図して、口もとをモゾモゾさして、笑いをこらえてもいる。ボス猿の雄叫びをきっかけにして、おんどれしばくぞ、あの二匹このまま帰したあアカンとだれかがいい、呼応するようにキキイ・ガワヤヤの声が膨らむのにつれ、かれらが真剣であればあるほど、わたしたちはついに顔を背けてふるえだし、肩のケタケタ上下するのを抑えきれなくなっている。ねえ、なにがいちばんおかしいか、分る？　シネノがわたしに向かってちいさくうなり、わたしは鼻を鳴らしてその先をねだる。たしかにわたしたちはいま、現在進行形でおおいに間違ってる、間違いのなかをスノーモービルみたいに突き進んでる。でもね、かといって連中のほうが正しいって話にはまったくならないんだってことに、だーれも、ちっとも気づいていないのが、シネノ的にはなんだかもう、傑作。わたしたちは間違っているかもしれないがしかし、お前たちもまた・そこに輪をかけて・超・間違っている。正論とか罪とかそんなのは、弱くて不安な生きものだけがありがたがる幻想にすぎなかったこと、あいつらもう完全に、忘れちゃってる。わたしは両目をみひらいて、ああ、いまだかつてこんなに良い気分になったことはないと、そう思った。わたしにはシネノがいる。シネノだけがいる。このひとに出会えて、ほんとうに助かった。わたしたちはたったいまほんとうに、じゅうぶんだった。満ち足りていて、欠けがなく、一対で、無敵だった。

ほらわたしを見て、かんむりを頭に戴きながら、頭を垂れることはできない。どんなヒナンをうけたって、けっして、ね、わたしたち——

永遠にこの夜のなかでそうして遊んでいられそうだった。けれどもやがてわたしたちは、さきほどまでの客室よりもずいぶん大きな部屋の前を通りかかる。ほんとうはこのままもっといっしょに遊んでいたかったけれど、そうだった、いまはそういうのんきな局面ではないのだった。わたしはシネノにむかってファイティン、と両拳でポーズを作って見せてから、またあとでね、ねッ、ねッ、と何度も何度も手を振って、カメラのこちら側へと大急ぎで引き返してくる。

スイートルームなのだった。ついさっき誰かがチェックアウトしたばかりだといわれても疑わないほど、荒らされた形跡がどこにも見当たらない。猫足の椅子や肉厚のソファ、これみよがしに豪奢なしつらえだったが、シネノの目にはどれも悪ふざけのようにしか見えなかった。窓には板が打ちつけてあったので、やはり洞窟のように深いくらやみが、絨毯のうえに淀んでいる。背中にわずかな月光を受けたシネノの影が、甲虫みたいなカードテーブルのうえに大きく、ぼんやりと伸びていた。

○

ズザア、と雨風の斜めに吹き付けてくる音がして、置き去りにしてあった自分の身体にやっと気がつく。わたしはあまりにも熱中しすぎていた。

台風がすぐそこまで来ている。学生時代から棲んでいるこのアパートは川沿いに建っていて、浸水にしろ津波にしろ、どのハザードマップでももれなく真っ赤な地帯のただなかに位置している。窓のすぐ斜めしたを幅の広い一級河川が流れていて、コーヒー牛乳みたいな濁流が、普段遊歩道があるはずのところまですりきり一杯に増水している。

七十二時間が経っても、シネノとシヅヱの行方は杳として知れなかった。昨晩YouTubeに投稿されたニュース映像の総再生数四十九回のうち、二十九回を再生したのはわたしだ。チラチラ揺れる監視カメラのざらついた映像が、夜の立体駐車場を映しだしている。画面の端から四つ足の黒い影がゆさゆさと順に二体、現れ、黄色い丸でマークされる。画面中央まで来るとシネノはふっと立ち上がり、匂いでも嗅ぐようにゆっくりと、周囲を見渡す。斜め上方から彼女たちを盗み見ているカメラの視線をすぐさま捕捉する。暗闇の中で赤く光るシネノの両眼はいま、たしかにカメラをとらえている。真っ直ぐに。シネノは微動だにせず、その顔のうえにはなんらの表情も浮かんではいない。それは夜の海のように昏く、しずかで、深い顔だった。画面を下から上へ、ノイズのような波線がじりじりとめぐってゆく。やがて傍らに座り込んでいたシヅヱも、呼ばれたようにこちらを見上げて

　息を止めて映像のなかのシネノと見つめ合っていたそのときにベッドの上のスマホが鳴って、瞬間、シネノだ、シネノがわたしを頼って潜伏先のホテルからかけてきたんだ、と反射的に思って、わたしは飛び上がり、引っぱたくようにして受話した。歯のすき間からシネノのSを発音しかけたとき、聞えてきたのは母の声だった。

「もおし。しふみちゃん？　ウン、おかあさん。ド？」

　わたしは舌打ちしたいのを懸命にこらえ、歯をきつくくいしばったまま、シイーと呼気した。

母の電話は、きまってこの定型文からはじまる。最後のド？　というのはもちろん、どう？　の意味で、ただし母の唐突な登場についてどう思うか訊ねているのではなく、おそらくハウドゥユドゥー的なあいさつの一種だった。

ウン、と応じる声にはひどく痰が絡み、自分で出そうと思った以上に沈んで聞えた。そこから母は去年サウナで倒れた親戚の病状や、近所の成城石井で父とその再婚相手に遭遇したときのようすなどを数分間、まくしたてるように話し続けた。

一方でレースとか炎上とかいったことを口に出すそぶりはいっさい見せなかったが、これは思いやりからというよりも、彼女自身がほんとうに例の件を記憶の外に締め出しているせいなんだろう。くさいものに蓋をしたり認識をねじ曲げるスキルにかんして、母はまぎれもなく一流だった。母にとってのわたしの状態は、他所様に自慢できる娘か、恥ずかしくて存在そのものから隠匿しなくてはならない娘かの二択きりで、そのあいだというのがないのだ。いまは娘なんか産んでいないことになっているだろうに、どうしていないはずの娘にこうして連絡してきたがるのか、理解しがたかった。

あるとき母の矢継ぎ早の言葉にブレスのための空隙が一拍できたので、ねえ！　とすかさずねじ込んだ。すこし遅れて母の言葉の掃射が止る。

わたしさ、赤ちゃんの頃、おかあさんたちのやってた実験に参加したこと、あったよね？

「まさか。ジッケン？　なんのこと？」と応じたそれはやけにしらじらしい声だったので、わたしは声を低くして、すごむように、一枚一枚証拠写真をテーブルのうえに出していくように、つづけた。プレイルームみたいなところで、遊んだり。取調室みたいな部屋で、テストされたりもしたね。それでさそこにさ、猿がいたよね？　わたしよりすこしだけ年上の、黒い猿。子どもたちに混じってさ、猿が、いたよね？　おかあさんはわたしたちを訓練してた。ヒトの子と猿の子を、ヒト語でも猿語でもない第三の言語で、教育しようとしていた。わたしたちは来る日も来る日も……おかあさんは正解すればわたしたちにヨーグルトレーズンを、いうことを聞かなければわたしたちをキーボードで……叱って……


全部を言い終わらないうちにわたしはにわかに自信をなくし、語尾にむかってじょじょに歯切れが悪くなっていった。自分の子を猿といっしょに教育するだなんて、いくら母でも、――素人にだって分る、倫理的に問題が多すぎる――こんな時代錯誤なことを、はたしてやってのけるだろうか？

「猿ならいたでしょうよ、霊長類研だもの。たしかにしふみちゃん、パパに抱っこされて見物しにきたことなら、そうねえ何度かあったと、思うけど。でもそれだってまだこーんなちいちゃい頃よね、なに、訓練って」と母が今度は不審がるように言って、ポスドクがどうの、チンパンジー舎がどうのと、あの手この手で娘の記憶を照合しようとしているのが遠くになんとなく聞えてはいたが、もうほとんど上の空だった。

この右手はひとりでにパソコンを立ち上げ、ブラウザをひらき検索を始めていた。いくつかの不都合なページを見て、タブを一気に殺しながらニュースフィードのなかの【ブダペスト２０２３ 世界陸上競技選手権大会】の文字が目にとまったとき、マウスのうえでわたしのゆびさきは数秒宙を漂った、うろたえた。まるで自分の名前を呼ばれたように、それは強烈にわたしの意識レベルを覚醒させた。そのセンテンスだけがぴかぴかと、ほかとはちがったかがやきを放っていたからだった。試合前の事前会見の写真がその見出しに使われていて、見知った顔が歯をむきだしてガッツポーズを作っている。カレンダーを見れば、明日、明日がその日なのだった。にわかに信じられないが、ついに明日なのだ。

わたしがこんなばかげたことをやっているあいだにも、世界はちゃんと進んでいるし、わたしのいないレースははじまろうとしているのだ。容赦なく。

ゆびさきが冷たくなっていて、ティッシュを一枚、二枚、三枚、四枚抜き取って、汗で濡れた両手にめいめい握った。落ち着こう。いったん——いったん、落ち着こう。大丈夫。大丈夫。大丈夫。

窓の外では依然、猛烈な雨が降り続いている。川幅すりきり一杯ぶんのコーヒー牛乳はじきに決壊してどやどやとあふれだし、アパートのエントランス部分へ押し寄せてくるのかもしれなかった。大丈夫。なんでもない、たいしたことない、こんなこと。大丈夫。大丈夫だから。

○

つぎに気がついたとき、シネノは受話器を手に握ったままベッドに横たわっていた。身体がひどく震えていて、胸の中に不安の残りかすのようなものが立ちこめているのに気づくけれど、寝起きにはよくあることだった。シネノはしばしばなにかこわい夢を見るのだったが、いったん目が覚めてしまえばその中身を覚えておくことも、思い出すことももうできなかった。

急いで宴会場に引き返すと、暗がりの丸テーブルのうえで、シヅエがちいさくなってまるまっている。

ハッとしてシネノは立ち止まり、その位置から目を凝らした。うちがわから皮膚を押し上げている背骨のたよりなさ、何者かによって手足を行儀よく折り畳まれたようなようす。コウエツが生れてまもなく、ろくに鳴き声もあげないまま死んだときのかたちに、そっくりだった。そうか、とシネノは思った。生物はみんな、あの姿勢が初期の、原初のかたちで、生きているあいだだけ展開されて、最後はまたあの姿勢にちいさく折り畳まれて戻ってゆくのだ、そうか、そうだったのか、とやけに深く、答え合わせが済んだみたいにシネノは思った。

板のあいだから射し込むわずかな朝の光線が、シネノの耳の横を掠めて絨毯のうえに落ち、ちいさな日だまりをつくっていた。

しばらく呆然としていると、ズ、ズ、というちいさな寝息の聞えるのが分って、またその腰のところがかすかに上下するのも分って、シネノは胸をなでおろし、ようやくシヅヱのそばに近づいていく。先ほどのは見間違いか、あるいはシヅヱはじじつ、すこしのあいだ仮死状態にあったのかもしれなかった。シネノがそばに戻ったことで、そろそろと息を吹き返したのだ。よかったよかった、それはまだ暫定的にシヅヱだ。テーブルに駆け上がり、シヅヱの尻に尻をトンとつけて座る。シヅヱはショボショボと目をひらき、両手で顔を擦った。ふとシヅヱの皮膚のかゆみが伝播して、互いに脇のところを後《うし》ろ肢《あし》で猛然と掻いた。掻き壊すような乱暴さに、卵を箸で解くときの軽快さで、スチャチャチャ・チャチャチャ。

われわれはまだ、この旅を続けられる。シネノはこの尻のあたたかさにでんぐり返しがみごとにきまったときのようなこうふくを感じて、しばらくのあいだ目を瞬きながら、そうして座っていた。

やがて階下から人間たちの笑い声が聞えたとき、二匹は同時に顔を撥ね上げ、ここが檻のなかでないことを劇的に思い出したのだった。一階のエントランス部分から、猫友会の男たちが建物のなかに突入してこようとする声だった。

二匹はすばやく身体を立ち上げて廊下に飛び出すや、ゆうべのうちにシネノが見つけておいた屋上に上がった。室外機が幾つも幾つも、墓地のように列んでいる。シネノが先に立って雨樋のうえを器用に伝い、ネコのような身のこなしで地上に飛び降りる。

シヅヱの後ろ肢が接地するかしないかのその瞬間、向こうの角で、「イダ！」となにものかが大声で鳴いた。

「いだいだいだ、いだったぞー！　裏手だ裏手！　出てきたぞーい！」

二匹は弾丸のように駆け出した。八本の足でたがいちがいに地表を掻けば、斜めに横切ってゆく彼女らを黄色いマルが追尾して、画角の外にフレームアウトしたところで背中に取り憑いた主観カメラに切り替わる、周囲の風景は彼女たちの視点の上下するのにともなってはげしく揺れ、秩序だっていた物体の組成がちりぢりに砕けハレーションを起す、目から鼻から、洪水のように流れ込むその色、光、色、匂い、音、光、……
　バイパスに突き当たると、おびただしい横断が二匹の進行方向を動く壁のように阻んだ。右から左へおぞましい速度で消し飛んでいく車の群れに、二匹はおおいにひるんだ。シヅヱはオロオロと立ち上がってガソリンの匂いを嗅ぎ、両手のゆびをあやふやに組み合せた。ダッシュボードごしにスマホを構えたヒト科のメスが「え？　え？　ゴリラなんで？」と笑い混じりの声で言う。通りの向かいのガソリンスタンドでは、窓拭きしていた店員が彼女たちをゆびさして、慌てて店舗のなかへと逃げ込んでいく。そのとき信号がまばたきするように黄色に変り、まばたきするように赤に変った。シヅヱが追っ手を振り返る、連中の足音は殖え、合流して、あと数メートルの距離まで肉薄している。シネノが斜め上に仕掛けてあった定点カメラにいまぴったりと目を合せてくる、わたしに判断を求めてる、わたしは身を乗り出して、叫ぶ。

　いまだシネノ、走れ！

　号令をきいて二匹は車道へと飛び出し、進入してきた青のセダンが急ブレーキをかける、横断歩道の縞縞のうえでシネノは前肢《まえあし》と後ろ肢とをたがいちがいに動かして地面を蹴る、わずかに滞空する、停止した車と車のあいだを縫って、くぐって、後ろ肢で白線を蹴る、滞空する、パーと破裂するクラクション、折重なるようにワゴン車が停止、あちらでパ――、こっちでもファ――、まるで吹奏楽部の音出しのよう、交差点はいま完全なる混乱に陥っている、シヅヱはけたたましいラッパ音にうろたえて石像になりかける、シネノは振り返ることなく前方だけを見て走る、走る、凍り付きかけたシヅヱの前肢もシネノの意識に引っ張られすんでのところで気を取り直す、そうよ後ろで何が起っていようといずれたいしたことではないの、動じないで、ただもっと速く、もっと、もっと遠くまで走って、どうしてまだいけるでしょ？　思い出してあなたはそんなものじゃないもっと走れる、ねえ見せて、はやく、はやく、はやく。おねがい、ほらそんなんじゃだめピッチ緩めないで、そう、そうです、よし、よしよしよしよし！　いい、いいよ、そうそうそうそうその調子、そうです、そうです、そういうことですすばらしい！　よしいいよもっといこう、このまま突っ走ろう、ジジイなんか全員引き離してしまおう、シネノの走るのに合せて思考がつんのめりそうになる際限なしに加速する、もっとペース上げて、もっと走って、もっと、もっともっと、そうここで一気に振り切って、そう、いいよすばらしいよ、それでこそ、それでこそあなただよ。ねえあなたは比類なき存在。あなたは抜群なの、桁違いなの、規格外なの。あなたはちがう。あなたはあんな連中とはなにもかもが、ちがっている。

彼女たちがガソリンスタンドの前をはるかに通り過ぎ水の引かれた田んぼの横を通り過ぎ犬だか猿だかもう分らないほどちいさくなったそのとき、わたしはいよいよたまらなくなってここを立ち上がり、クローゼットをけたたましく開け放った。トレーニング用のウェアをハンガーからもぎ取ると、ふるえる手で身につけていった。帽子を被り、サングラスをして、数ヵ月ぶりにシューズに足を入れる段になると、いよいよもって全身に鳥肌が立った。これは、怖れ？　それとも興奮だろうか？　正体不明の悪寒を押さえ込みながら、昏い三和土で靴紐を結んでいく。でも、それでもわたしはやっぱり、シネノを追いかけなくてはならなかった。わたしはこれ以上、二匹に置いて行かれることが我慢ならない。わたしもあの子たちと、いっしょに行きたい。その場で手早く膝と足首の屈伸を済ませると、さまざまな考えを振り切るようにして、乱暴に部屋を出た。

共用部には雨粒が斜めに降り込んでいて、雑巾色の雲がスクーターほどの時速で吹きすぎていくのが見えた。風が異様に生温かくて、ものすごく強かった。

エントランス部はすでに冠水してしまっていた。管理人が積んでおいたらしい土のうは、濾過装置みたいにそこでみずの流れをまともに受け止めている。階段の最後の段から、泥水のプールのなかへ足をそろそろと差し込んだ。一歩、二歩、じゃぶ、じゃぶと進むと、水の壁がふくらはぎを圧迫してくる。サンスベリアの鉢は横倒しになってぷかぷか浮かび、水底には水道修理業者のマグネットがいくつも沈んでいる。じゃぶ、じゃぶと水を泡立て、上半身をロボットみたいに右、左、右とぎこちなく動かしながら、シネノ、シネノ、とわたしは思った。いまいく。いまに、追いつくからね。ようやく地上へ這い出ると、わたしはまるきり洗濯機の中の靴下になった。回転性の気流に身体をのまれ、雨粒や落ち葉や空き缶といっしょにからめとられて、上方へ連れていかれそうになる、風の吹くたび数センチずつかかとは地上を離れて滞空する。雨粒は針のように鋭角で射し込み、顔面にまともに吹き付けてきた。とんとひと気はなく、日没前だというのに照明の落とされた体育館のように、世界全体がいやに昏かった。

一歩かかとをつくごとに、靴のなかからザンと泥水が排水された。首と肩とを回しながら数メートルを歩き、ゆっくりとした歩きのうえにじょじょに、じょじょに、慎重に速度を乗せてゆく。地面をタッとひとあし蹴って上方向へのはずみをくわえ、トンで接地、かかとからつまさきへ体重を流し込めば、またつぎのタッ・つぎのトン・あたらしいタッ・そしてトン……片足ずつを先へ先へとリズムよく前方に送ってゆく。雨の音が風の音が、耳のなかからだんだんに締め出されていく。

十数年続けてきたトレーニングをやめてから、すでにまる五ヵ月が経とうとしていた。

鍛え抜いた筋肉が日に日に衰え脂肪になり代っていくイメージは、わたしにはもはやグロテスクでさえあった。いったいどれほど鈍っているんだろうと憂鬱だったが、十何年もこの動きばかりやらされてきた筋肉は、そう簡単に自分の領分を忘れたりはしないらしかった。身体にはわたしの走法が理屈抜きで染み付いていて、この走法のために最適化された心臓の拍動が戻ってきて、呼吸が戻ってきて、スースー・ハッ・ハッ・スースー・ハッ・ハ・ああわたしの思考の裏には、つねにこのリズムが伏流水のように流れてあった、そのことにいま、はじめて気がついた。わたしは本来、歩く動物だった、歩いているときのこの呼吸こそ、わたしの常態、なのだった。

すると今度はわたしの骨盤の位置からなにか声がする、身体がようやくその声を取り戻し、朴訥とした調子で語りはじめたのだった。

身体は、とわたしの声で身体が言った。

くやしい。くやしいのだ身体は、分るか。もうよじれてひしゃげて死にそうにくやしいんだ、分るか。この身体は歩けたんだ。やれたんだあの日も。それなのになぜあのとき、諦めた？　**なぜ、この身体を信じなかった？**

身体はそう叫ぶと実際によじれてみせてひどくくやしがり、それから横隔膜に涙の渦をつくりながら、ぐんぐんとストライドをひろげ速度をあげた。わたしは、わたしはその力強さに完全に圧倒されていた。骨盤が前後左右に猛烈に駆動し、空気を掻き分けるように進んで、わたしの全存在をいま、先導していた。わたしはただいっしょにこの涙の発作にまかせて、うろたえあえぎながらついていくしかなかった。いいかやれたんだ。勝てたんだ。身体は勝てたんだ勝たせてやれたんだ。しあわせにしてやれたんだわたしのことを。それを、いったい、なぜ！　わたしに見せつけるように、訴えるように、身体は歩いた、いまだかつてこんなに速く歩けたことがあっただろうかと思うほどの、じつに驚くべきスピードで。

　にわかに風がその勢いを増し、わたしは口のなかにシャワーのような雨粒を受けとめて、がぶがぶ、ほとんど溺れかけている。前方からあれは、――なんだあれは？　犬小屋、回転しながら犬小屋が、スペースデブリのように飛んできて、あっという間に後方へと消し飛んだ。そこからつぎつぎになにか――布団だ、いやベビーカーだ、果ては仮設トイレまでもがドアを羽のようにバタバタ言わせながら猛スピードで飛んできて、またすぐに後方へと飛び去っていった。ふいに、ブダペストの天気はどんなふうだろうか、という考えがよぎったが、しかし身体はわたしが背後を振り返ってなにかを思考したことなどお構いなしになおも歩き続けていた、怒鳴り続けていた。

　いいかよく聞け、やれないことをやらないでおく、それはいい。ただ、本来やれることをやらずにいるのは、こんなにも、こんなにも苦しいのだ。見ろ、この身体は戦うことが、できる。戦いたいのだ。この身体はもう一度戦いたい。戦わせろ、戦わせてくれ、と。

　でも、とそのとき、わたしとも身体ともつかないものが、喉のところで返事した。こわいんです。

　こわかったんです。あのときもしも最後まで全力で歩いていたら、わたしはもしかするといやおそらく、……こわかったのです。岸野に負けることがではありません、勝つことがでもない。見た目をとやかくいわれることでも、ない。なにより、なにより全力を出し切った結果、自分が例外などでないことが――信じてきたほど特別な人間ではないとまざまざ分ってしまうことが、とても、あのとき、こわかった。才能も運も度胸も、なにも持っていないとわたしに露見することが、わたしはおそろしくてたまらなかったのです。わたしは、誰よりわたしを、失望させたくなかったのです。

　わたしという全存在が、その消え入りそうな声にいま耳をそばだてていた。

　だから、わたしは遅かったのだと、思うのです。この世界のすべてに臆病だったから、そのせいでわたしはなにをするにもいちいちためらった、逡巡した。わたしは遅かった。歩き出すのも、口に入れるのも飲み下すのも、話すのも、生れるのも。遅かった。すべての未知に、こうふくに、栄冠にさえ、いちいち怯えたからだった。

　身体はそれを聞き終えると、黙ってその歩みを速めた。だからなんだ、というように。これではまるでピーキングの済んだ身体じゃないか、ほんとうに驚異的な歩きだった、いまが全盛期だとでも言いたげに、身体は理屈抜きに、歩いてみせているのだった。

　レースの終盤——いいえ人生の重要な局面にはいつでもかならずやってきたあの震え、あの手汗、あの破壊衝動。問いだった、どうしてこんなところにいるのと、どうしてこんなところに留まろうとするのと、身体がまっすぐに投げかけてくる、あれらはすべて問いだった。なぜ、目の前のそれに手を伸ばさないのかと。せっかく得られたかもしれないものをなぜ、その手で払いのけてしまうのかと。わたしはその質問がきらいだった、責められているのだとしか思えなかったから。でもちがったのだと、いま分った、身体はいつも、いつもここでわたしを。うちがわから懸命に、励ましていたのだ。

　わたしはほんとうにひさしぶりに、自分の身体を頼もしく思った。なんて丈夫な、この身体。全部をなくしたと思っていたけれど、ちがう、この身体はまだ、ここにあった。わたしさえそのつもりになれば、いつでもわたしとふたたび共闘しようとして、つまりは待ってくれていたのだった、この身体だけは、事態に立ち向かうことをせず逃げ惑いつづけるこのわたしを、見限ることなくここで待ち続けてくれていたのだった。なにかが猛烈にありがたく、へんにいじらしいものを感じて、サングラスの下ですこしだけ目がうるんだ。呼吸が乱れかけ、いけないいけない、スースー・ハッ・ハッ・スースー・ハッ。

ぶ厚い雨雲に裂け目ができ、そこから夏の強い日射しが、雨粒といっしょに撒かれるように降ってきた。土砂降りの雨が、この短時間のうちに天気雨に変ったのだった。きゅうに頭上に白い光が射すと、まるきりわたしを取り囲んでいた直方体の蓋がパコンとあいて、天井でも抜けたようだった。

交差点を過ぎたとき、左右から黒いものが、それぞれわたしの進行方向に合流した。驚いて見ると、そこにあなたは、わたしと同じく息を切らして歩いていた。まぎれもなくあなただった。それは一対の、完璧な、まぎれもないあなたたちだった。

あなたたちはわたしには目もくれず、黙々と、あまりに力強い、見惚れるような歩型で、わたしを先導するように歩き続けた。その歩みをゆるめようとはしなかった。わたしは驚きに打たれていたが、いや驚くようなことでもないのかもしれないと思い直した、わたしたちが同じ方角を指向して歩きはじめていればこそ、おそかれはやかれどこかの地点で、この合流はかならず起るはずだった。出遭うべくして、わたしたちは出遭ったのだ。わたしは遅れをとるまいとピッチをあげる。

あなたは歩き、わたしもまたそのかたわらを並走している。傷ついたし、こわかったろう。すべてあなたが招いたことだけれど、そのぶんいっそう、傷ついたし、こわかったろう。いたわるつもりで覗き込んで、すぐに気づいた、あなたの顔つきが、檻のなかにいたときとはまるで別人のように変貌していることに。すこし痩せたあなたはきっと、この数日間の彷徨で、あなたの無力をつくづくと思い知ったのだ。あなたは外敵から自分を守らねばならなかった、食べ物を飲み水を、みずから得なければならなかった。そのままならなさのなかであなたは成長した、している、たったいまだって、音を立てて。それが分る。負ける前から負けにいくことを、あなたはついに、やめたのだ。あなたの顔にそなわったのは、その精悍さだった。

　ああそうかわたしたち、ほんとうに檻を出てしまった。あなたは、わたしは、わたしたちは、あの無限の反復を、とほうもない勇気でもって打ち止めた、そしてまったくあたらしい運動をいま、自発的に開始した。わたしたちを遮蔽するものは見渡す限りなにもない。あのやさしい〈行き止まり〉はもう、どこにもないのだ。ここはすでに、安全圏の外なのだ。そのことを思うと、むやみに身体がふるえだした。わたしは、あなたは、わたしたちはいま、わたしたちのしでかしたことにきっと怯えていた。あるいはいいえ、成し遂げたことに高揚していたのだった。

　力が、腹の底から、飛び上がりたいような力が、こみあげてくる。それが分かる。おそろしく気分がいい。軽い。肺を気管支を、きらきらと冴えわたったものがさかんに出入りする。スキー靴から足袋に履き替えたみたいに、世界が見違えてしまった。一致している。頭と身体の見解がいま完全に、一致している。ああ、これだ、これだよ、これだった。

　われわれは行進している！

　わたしとわたしの身体はしだいに熱くなり、あなたを追い抜いてみたいと無邪気に思いはじめる。

　わたしは追い上げ、あなたに並ぶ。ふたたびあなたに追い抜き返されるけれど、いいえたちまちにまた、横一線に。わたしたちはケトケト笑い合う。

　そしてわたしがあなたを追い抜くその一瞬、ふいに目が合って、まるでたったいまおたがいに気づいたみたいに自然に、わたしたちはみじかくうなり合う、ああ、**ありがとう。**うん、**どういたしまして。**

　みじかいあいさつを終えたわたしはあらんかぎりの愛情をこめてあなたを完全に追い抜き、渾身の敬意をもってあなたたちを抜き去ると、ついに集団のその先頭に立った。雨音は無数の拍手になり、風切り音が歓声だった。わたしたちはほんとうによくやった。わたしたち、ほんとうによくしでかしてくれた。なにもなかったよりも、ずっといい。なにも経験しなかったよりは、思い知ったいまのわたしたちのほうが、いい。そう確信してる。

よくしでかした、よくやらかした、たいしたもんだ。爪がアスファルトをカシカシとこする音、息づかいが喝采が背後に遠ざかるのをききながら、わたしはあなたたちを引き離す。

　スパァン。

　背後で銃声が鳴り渡って、うそ、と思ったその瞬間、わたしはこの昏い部屋にいて、雨は依然として降り続き、全国版の最新報道には黒いものが映っていたのだった。

――今日夕方、市内の動植物園を脱走中のボノボ二頭が、無事捕獲されました。

日本全国どこにも無数にありそうな、国道沿いの田んぼと、中古車販売店、洋服の青山だった。

列んで国道を行く二匹はいま、ついさっきまでわたしの横を歩いていたそのままの速度で画面のなかを闊歩している。その身体を悠然と左右に揺らしながら、それはみごとな四足歩行で。

――住宅地において相次いで目撃されていたボノボ二頭は、二十四日午後五時すぎ、……

二匹がカメラに大写しになった。雨に打たれながらすこし顎を上げて歩くそのようすと速度は、どこか勝ち誇ったようだった。くちもとはわずかに微笑んでいるようにさえ、見えた。

カメラが切り替わり、猟友会と盾を持った機動隊が二種の動物のように入り乱れ、群れなして走ってくる。わたしは思わず息を止める。そこからは一瞬だった。

洋服の青山ののぼりの前でふたつの群れにその前後を丸く取り囲まれると、シヅエは歩き疲れた子どものように、その場にへたり込んだ。シネノは歯と牙をおおいに剝きだして姿勢を低くし、すぐにでも相手に飛びかかるための中腰をつくった。ヤッケを着込んだ老人たちが、シネノを長い棒で制圧しようとした。器用にスウェーして棒を避けたそのとき、背後から卑怯な洗濯ネットがシネノの身体をすっぽりと覆い、シネノはみるまに網といっしょくたになった。老人が手早く網をまとめ上げてしまうと、シネノはすっかりひとかかえの暴れる荷物のようになり、尖った木の葉が網のすき間からひとひらこぼれ落ちた、アスファルトのうえにしずかに接地した、駆け寄ってきた機動隊員の足にいま、踏みにじられた。

瞬間、わたしは悲鳴をあげていた。

わたしだ、と思った。もう何度目か分らないけれど、やはりあれはわたしなのだと、誰かに向かって絶叫したいほどにそう思った。あれはわたしだ、わたしなのだ、わたしもずっと、これまでずっと、何度やっても、なにをやっても、こんなありさまだったのだ。彼女は反射だった、強化ガラスに映るわたしの反射なのだった、動く自分をはじめてこの目で見るような、身体の芯のところで目のあう心地、長年の疑問にたいするあまりにもなげやりなそれは回答で、失望、落胆、それだった。

シネノは網のなかでまだ懸命にもがいているが、猟友会の老人数人がかりで完全にやり込められ、まるで獲れたての魚のように扱われている。後ろの方から控えめに手を添えていた老人の頬はつやつやと輝き、安堵の笑みすら浮かんでいた、失われかけていた生物としての自信を一挙に取り戻したかのように見えた。

わたしたちのいち生物としてのテリトリーはすでに議論の余地もないほど、こてんぱんに侵され踏みにじられている。クシャクシャになった野生の誇り、絶望と屈辱を、わたしたち全員がいま、それぞれの網のなかで同時にあじわっていた。

狂ったように跳ね回るシネノの尻に、どこからか伸びてきたゴム手袋が注射器の針を打ち込んだのが見え、わたしはふたたび大声をあげた。注射針はその薬液をシネノの身体に注入し終えると、満足したように画面の外へ消えていく、それもあくまで落ち着いた手つきでだった。わたしはもうとても見ていられないと両手で顔を覆っていながら、けれどもゆびのすき間からこの目を離すことができなかった。だって、それはわたしだったから。あれはどうしようもなくわたしで、だとすればこの光景はわたしのこれからのてんまつを、予言しているのだったから。

シネノの身体が一度、深呼吸するように弛緩したのが分った。洗濯されることをかたくなに拒む黒いセーターのようなそれは、犬用のケージのなかに乱暴に投げ込まれた。

二台の檻がトラックの荷台に積み込まれる。シヅヱはカメラのほうに背中を向けて小さく丸まっていて、すでにほんもののぬいぐるみのように静かだった。隣のシネノの動きはずいぶん緩慢になったものの、まだかすかに動いている、動作に合せて檻がジン、ジンとかすかに振動しているのが分った。

キックするように動かしていたその片肢が網目からぴょんと飛び出して、シネノのちいさな身体をいっそうきつく締め上げていた。もがきながらもシネノがカメラを睨んでいるのが、その白目の位置で分った。洗濯ネットのなかから意志ある目が、【世界】を睨み付けている。キャスターの解説の背後でキイ、キイ……とか細い鳴き声をあげながら、怒りだけを最後の電源にしてもがいて、もがいて、両手を、両手をうえへ、わたしにだけは

分った、彼女は朦朧としだした意識のなかで、尊厳もなにもないその場所で、それでも、

――キャスターの男がしかし戴冠式のその歴史的な瞬間を遮って、品のいい声で話題を締めくくる。

――捕獲されたボノボによる人的、物的被害はありませんでした。

台風一過の全国的な快晴の天気予報図を見せられながらまだ動く両肢で、わたしは虚空を蹴りつづけた。くやしい。くやしい。くやしい。それだけだった。無礼だ。あまりに無礼。お前たちはいつもいつもいつも。わたしの両肢は負けたくなかった、洗濯ネットのなかでもがいて、もがいて、もがくうちにふっと、とうとつに拘束が、網がほどける。

次の瞬間われわれはめいめいの場所にいて、洗濯ネットのなかからそれぞれの部屋に這い出てくる。全身をぶるぶると震い、尊厳ならびに毛並みをととのえる。

ここはあの銀色の部屋、はじまりの部屋だと、直感的に分った、われわれはついに小窓ごしに見つめ合う。長い長い実験の、最後のフェーズがついにおとずれたのだった。

われわれは着席する。この世界で学んだすべての成果を持ち寄って、ふるえるゆびさきに力をこめ、おごそかな手つきで王冠を、今度こそ、この頭に戴く。

それでも依然として／われわれは／われわれにとって／たぐいまれなる猿。

この、かんむりは／ひどい嵐のなかでこそ／光をあつめ／われわれを／讃えるだろう。

いまあなたの王冠がわたしに、わたしの王冠があなたにさずけられたも同然だった。このまなざしはすでにもうどちらのものだか、見分けがつかなかったから。

われわれは／この器用な前肢で／みずから／言葉を発見し／てずから／かんむりを戴き／そうして／その、すこぶる丈夫な後ろ肢で。

森の外／もっと遠くへ／それでこそ／それでこそ／それでこそ。

夜の海のように暗転したテレビが目の前にあって、わたしはわたしとすっかり同じ顔をして、この頭に王冠を戴いている。

このアパートには切り出されたわたしだけがごろんと取り残されていて、視界だけがやけにさえざえとして、わたしたちをむすべそうな相手は、見渡す限りどこにも見つからなかった。

そうと分るとじょじょに、しずかに、腹はきまって、わたしの前肢は冷えきった王冠をほどき、それと同じゆびですでに靴紐を、むすびはじめている。

歩くのだ／歩けばいい／ひとりでも／ただ、気高く。

それでこそ／それでこそ。

初出
「群像」二〇二三年一二月号

＊本書は単行本化にあたり加筆修整を行いました。
本作品はフィクションであり、人物・事象・団体等を事実として描写・表現したものではありません。

装画　榎本マリコ
装幀　岡本歌織（next door design）

小砂川チト
（こさがわ・ちと）

1990年岩手県生まれ。慶應義塾大学文学部卒業、
同大学院社会学研究科心理学専攻修了。
2022年、「家庭用安心坑夫」で第65回群像新人文学賞を受賞、
同作が第167回芥川賞候補作となり、
単行本も刊行されている。

猿《さる》の戴冠式《たいかんしき》

二〇二四年一月一七日　第一刷発行

著者　小砂川《こさがわ》チト

発行者　森田浩章

発行所　株式会社講談社
〒一一二-八〇〇一　東京都文京区音羽二-一二-二一
電話　出版　〇三-五三九五-三五〇四
販売　〇三-五三九五-五八一七
業務　〇三-五三九五-三六一五

印刷所　TOPPAN株式会社

製本所　株式会社若林製本工場

ISBN978-4-06-534695-2